CB013601

AS TRAQUÍNIAS

COLEÇÃO CLÁSSICOS COMENTADOS

Dirigida por João Ângelo Oliva Neto

José de Paula Ramos Jr.

Editor

Plinio Martins Filho

Editor

Marcelo Azevedo

PLANO DESTA OBRA

I. *Ájax*

II. *As Traquínias*

III. *Antígona*

IV. *Édipo Rei*

V. *Electra*

VI. *Filoctetes*

VII. *Édipo em Colono*

Sófocles

AS TRAQUÍNIAS

Tragédias Completas

Tradução
Jaa Torrano

Estudos
Beatriz de Paoli
Jaa Torrano

Edição Bilíngue

Dados Internacionais de Catalogação na Publicação (CIP)
(Câmara Brasileira do Livro, SP, Brasil)

Sófocles
As Traquínias: Tragédias Completas / Sófocles; tradução Jaa Torrano; estudos Beatriz de Paoli, Jaa Torrano. – Cotia, SP: Ateliê Editorial: Editora Mnema, 2022. – (Coleção Clássicos Comentados /dirigida por João Ângelo Oliva Neto, José de Paula Ramos Jr.)

Edição Bilíngue: Português/Grego.

ISBN 978-65-5580-064-7 (Ateliê Editorial)
ISBN 978-65-991951-6-7 (Editora Mnema)

1. Teatro grego 2. Teatro grego (Tragédia) 3. Teatro grego (Tragédia) – História e crítica I. Paoli, Beatriz de. II. Torrano, Jaa. III. Oliva Neto, João Ângelo IV. Ramos Jr., José de Paula. V. Título VI. Série.

22-104218 CDD-822

Índices para catálogo sistemático:

1. Teatro grego 822

Maria Alice Ferreira – Bibliotecária – CRB-8/7964

ATELIÊ EDITORIAL
Estrada da Aldeia de Carapicuíba, 897
06709-300 – Cotia – SP – Brasil
Tel.: (11) 4702-5915
www.atelie.com.br
contato@atelie.com.br
facebook.com/atelieeditorial
blog.atelie.com.br

EDITORA MNĒMA
Alameda Antares, 45
Condomínio Lagoa Azul
18190-000 – Araçoiaba da Serra – SP
Tel.: (15) 3297-7249 | 99773-0927
www.editoramnema.com.br

Printed in Brazil 2022
Foi feito o depósito legal

Agradecimentos

Ao CNPq
pela bolsa Pq
cujo projeto incluía
este estudo e tradução.

Sumário

Método Histórico em Tradução de Tragédia

Jaa Torrano

Qual é a historicidade da tragédia grega clássica que a tradução deve capturar na compreensão do leitor? Na tradução da tragédia grega, por que e como a historicidade própria da tragédia reside na acribia da forma inteligível e na forma inteligível da acribia?

Ao investigarmos tais questões, a primeira tarefa será, pois, explicar qual é o sentido funcional de "acribia" e mostrar qual é a função semântica de "forma inteligível" na tradução da tragédia. Em nosso presente caso, as tragédias de Sófocles (495-405 a.C.).

Quanto à "acribia", comecemos, então, por exemplificá-la e justificá-la com o recurso aos procedimentos e aos escopos do método histórico tal como foi proposto e utilizado por Tucídides em sua inaugural *História da Guerra do Peloponeso.*

MÉTODO HISTÓRICO, ACRIBIA E HISTORICIDADE

Tucídides de Atenas nos legou o registro dos vinte primeiros anos da guerra entre atenienses e peloponésios, que durou terríveis e truculentos 27 anos (431-404 a.C.), foi maior que todas as precedentes, envolveu todo o mundo grego e alguns povos bárbaros, e terminou com a exaustão e destruição do império marítimo ateniense.

Na seção intitulada "Metodologia" dessa *História da Guerra do Peloponeso*, Tucídides usa duas vezes a palavra "acribia" (*akribeía*, "exatidão") para se referir à modalidade de verdade visada por sua investigação histórica. Aí expõe as etapas de seu método de levar adiante a investigação para alcançar tanto a verdade dos discursos pronunciados por representantes de cidades ou de facções antes e durante a guerra quanto a verdade dos fatos mesmos ocorridos nessa guerra.

Para reconstituir os discursos, o método consiste em estabelecer "como me parecia que cada orador teria falado o que cabia sobre as situações sucessivas, atendo-me o mais próximo possível do sentido geral das palavras realmente pronunciadas" (Tucídides, XXII, 1).

Ao investigar, o historiador procura o nexo aparente e necessário que nos discursos entrelaça o falante, sua fala, suas circunstâncias e seus ouvintes. Tal nexo, pois, produz e unifica o "hipotexto" da *História da Guerra do Peloponeso*. "Entendo por hipertextualidade toda relação que une um texto B (que chamarei *hipertexto*) a um texto anterior (que, naturalmente, chamarei *hipotexto*) do qual ele *brota* de uma forma que não é a do comentário" (Genette, 2010, s. p.).

Para reconstituir as ações praticadas na guerra, o método aplicado a elas consiste em "registrar não as que conhecia por uma informação casual, nem segundo conjectura minha, mas somente aquelas que eu próprio presenciara e depois de ter pesquisado a fundo sobre cada uma junto de outros, com a maior exatidão (*akribeíai*) possível" E o historiador continua: "Muito penoso era o trabalho de pesquisa, porque as testemunhas de cada uma dessas ações não diziam o mesmo sobre os mesmos fatos, mas falavam segundo a simpatia por uma ou por outra parte ou segundo as lembranças que guardavam" (Tucídides, XXII, 3). Assim, no registro das ações, o trabalho de pesquisa consiste em procurar o nexo aparente e necessário entre as próprias lembranças e os relatos alheios de modo a tornar provável o registro de umas e de outros. Lembranças próprias e relatos alheios neste caso constituem o "hipotexto" – no sentido antes definido – da *História da Guerra do Peloponeso*.

Além disso, podemos considerar "arquitexto" a composição e organização dos discursos em forma de "antilogias", discursos opostos argumento por argumento, bem como os expedientes tomados aos poemas épicos e às tragédias na elaboração das narrativas. Consideramos, pois, "arquitexto" da *História da Guerra do Peloponeso* as formas de composição e organização do texto comuns a outros gêneros literários, casos em que ocorrem a interseção e a coparticipação entre diferentes gêneros literários.

Com esses "hipotextos" e "arquitextos", o historiador trata de construir um relato da guerra que permita a seus leitores percorrer sob diversos pontos de vista as diversas ocorrências e situações da guerra, de modo que seus leitores possam por si mesmos verificar os nexos aparentes e necessários que reconstituem os diversos discursos proferidos antes e durante a guerra e as diversas narrativas das ações praticadas na guerra, e assim possam por si mesmos constatar e confirmar a "exatidão" (*akribeía*, "acribia") do relato apresentado na *História da Guerra do Peloponeso*.

A acribia do relato do historiador demanda de seus leitores um esforço de elaboração mediante o qual cada leitor percorre e refaz os nexos aparentes e necessários por um lado entre as falas, os falantes, as circunstâncias de cada fala e seus ouvintes nos diversos discursos proferidos por diversos agentes antes e durante a guerra e, por outro lado, entre as sequências narrativas das diversas ações militares. Assim a acribia do relato é recuperada e verificada pelo próprio leitor ao percorrer e refazer os nexos registrados primeiro pelo historiador.

ACRIBIA E FORMA INTELIGÍVEL

Vejamos agora como essa acribia, que enfim se comprova na cooperação entre autor e leitor, também se pode construir, verificar e comprovar na tradução das tragédias de Sófocles (495-405 a.C.).

A título de comparação do método histórico de Tucídides com o método de traduzir tragédia, podemos considerar "hipotexto" na tragédia grega os elementos próprios do pensamento mítico grego tais como o repertório tradicional de nomes, noções, imagens e narrativas de Deuses e de heróis assim como a sintaxe e a dinâmica inerentes aos elementos desse repertório.

Além disso, podemos considerar "arquitexto" na tragédia grega os cantos corais, os *agónes* (discursos em que se opõe argumento a argumento, equivalentes às antilogias de Tucídides e dos mestres de retórica), a progressão da narrativa mediante diálogos e ainda os relatos de mensageiros com suas nuances homéricas.

Podemos considerar que na tragédia o nexo aparente e necessário que o tradutor deve reconstituir e reconstruir na tradução é a própria forma inteligível da tragédia.

Essa forma inteligível, que deve ser reconstituída e reconstruída na tradução, é relacional e dinâmica, e reside na séptupla relação *1.* entre as funções sintáticas das palavras nos versos; *2.* entre essas funções sintáticas e os elementos sensíveis que as afetam, tais como paronomásias, aliterações, ritmo e medida; *3.* entre ambos esses – funções sintáticas e elementos sensíveis – e os elementos inteligíveis que os informam, tais como as noções próprias da cultura grega e a dinâmica que essas noções impõem à sintaxe das imagens; *4.* entre um verso e outro e assim entre os versos; *5.* entre conjuntos de versos; *6.* entre as partes da tragédia e *7.* entre as partes e o todo da tragédia.

Para percorrer as vias e conexões da forma inteligível e deixar-se conduzir pelo dinamismo inerente a ela, o leitor deve estar informado dos constituintes tanto do "hipotexto" quanto do "arquitexto" da tragédia em questão. Nesse sentido, o estudo hermenêutico é parte integrante e solidária da tragédia traduzida.

Ao percorrer e contemplar em todo o seu alcance a forma inteligível reconstituída e reconstruída na tradução, o leitor pode contemplar por si mesmo o nexo aparente e necessário que unifica e significa a tragédia traduzida e assim se tornar contemporâneo dos valores e referências da tragédia, podendo então constatar e comprovar por si mesmo a acribia da tradução. Pode-se, então, dizer que assim o leitor da tragédia traduzida se torna contemporâneo do Teatro de Dioniso com os seus Deuses, Numes e heróis míticos.

A linguagem da tragédia grega clássica tem em comum com a linguagem divina das respostas oraculares remeter sempre ao sentido geral de cada situação em que os mortais se veem ou se podem ver. As tentativas de encontrar nas tragédias referências históricas a fatos e indivíduos particulares redundam sempre em hipóteses inverificáveis, por mais eruditas e engenhosas que sejam. A historicidade das tragédias reside, pois, na sua forma própria de pensar os limites inerentes à condição de mortais e os limites inerentes ao exercício do poder na esfera pública e na esfera privada. Em suma, a historicidade das tragédias reside consubstancialmente em sua forma inteligível, cuja reconstrução e reconstituição é a tarefa comum do tradutor e da interação entre o leitor e a tradução.

Se o que já dissemos basta para explicar o sentido funcional da acribia e mostrar a função semântica da forma inteligível na tradução da tragédia, bem-vindos à nave!

REFERÊNCIAS BIBLIOGRÁFICAS

GENETTE, Gérard "Cinco Tipos de Transtextualidade, Dentre os Quais a Hipertextualidade". *Palimpsestos: A Literatura de Segunda Mão.* Trad. Luciene Guimarães. Belo Horizonte, Edições Viva Voz, 2010.

TUCÍDIDES. *História da Guerra do Peloponeso*. Trad. Anna Lia Amaral de Almeida Prado. São Paulo, Martins Fontes, 2008.

Versão anterior: "Tradução de Tragédia: Acribia e Forma Inteligível", apresentada no VI Encontro "Tradução dos Clássicos no Brasil" na Casa Guilherme de Almeida em 2020 e publicada no *site* http://www.casaguilhermedealmeida.org.br/revista-reproducao/

Sra. e Sr. Héracles

Jaa Torrano

As tragédias *Agamêmnon* de Ésquilo e *As Traquínias* de Sófocles têm em comum cinco temas: *1.* ambas são tragédias do retorno, nelas a expectativa angustiosa de notícias do ausente precede o seu retorno; *2.* no retorno, o guerreiro vitorioso traz para casa como espólio de guerra uma concubina; *3.* quando interrogada pela dona da casa, a concubina se mantém calada; *4.* o guerreiro vitorioso é morto por sua esposa, que assim realiza por vias oblíquas uma determinação numinosa, a justiça de Zeus na primeira tragédia e o oráculo de Zeus na segunda; *5.* em ambos os mariticídios, Afrodite é um dos fatores decisivos. Examinaremos neste estudo como se explicam esses temas neste drama de Sófocles.

No Prólogo, na primeira cena, como se falasse sozinha, apesar da solícita companhia da Nutriz, Dejanira contesta a antiga sentença segundo a qual não se pode dizer da vida de alguém se é feliz, ou não, antes que tenha morrido, e declara que ela mesma já sabe por experiência própria que sua vida é infeliz. A sentença ressalta a vicissitude e imprevisibilidade inerente à vida dos mortais, e o contraste da sentença com a experiência própria suscita ominosa expectativa de que o pior esteja por vir.

Dejanira relembra seu sofrimento e horror quando moça na casa paterna foi requestada por insólito pretendente, o rio Aqueloo, que se apresentou uma vez com a aparência de touro, outra vez em forma de serpente e ainda outra vez metade homem metade touro. Com a vinda de novo pretendente, Héracles, filho de Zeus, o horror deu lugar ao pavor enquanto aguardava o fim do combate entre ambos os rivais, até que Zeus deu a vitória a seu filho. Casada com Héracles e mãe de seus filhos, as repetidas e prolongadas ausências do marido perpetuavam sua ansiedade e temores. Depois de concluídos todos os trabalhos impostos por Euristeu, rei de Tebas, e em consequência da morte de Ífito por Héracles, a família se encontrava exilada em Tráquis na Tessália, e Héracles permanecia ausente após quinze meses de sua partida. Sem notícias do marido, Dejanira angustiada se lembra da prancha que ele lhe deixou ao partir e cuja inscrição mencionava a agourenta data de quinze meses.

Comovida com as lamentações de Dejanira, a Nutriz lhe aconselha enviar um de seus filhos à procura do pai, sugere-lhe o nome de Hilo e providencialmente anuncia a entrada deste em cena.

Na Segunda Cena, para incitar Hilo, Dejanira atribui à Nutriz o que esta não disse, ser para o filho motivo de "vergonha" (*aiskhýnen, Tr.* 66) não investigar o paradeiro do pai há muito ausente. Hilo alega ter o conhecimento de que no ano anterior ele foi servo de uma mulher lídia (a rainha Ônfale), mas não se afligir porque sempre um Deus o salva. Atônita com essa notícia, Dejanira pergunta onde se diz que hoje ele estaria vivo ou morto. Hilo completa sua resposta com a informação de que ele agora ataca ou ainda atacará a cidade do rei Êurito, na Eubeia. Dejanira revela o vaticínio que Héracles lhe deixou ao partir: ou concluiria a vida ou, se vencesse essa luta, viveria bem doravante, e exorta o filho a levar auxílio ao pai, o que diante dessa revelação oracular Hilo acata prontamente.

O Coro é de moças traquínias visitantes solidárias com Dejanira. No Párodo, a primeira estrofe inquire o onividente Deus Sol sobre o paradeiro de Héracles; na invocação do Sol, os dois primeiros versos frisam a alternância entre Sol e Noite, a qual tanto o gera quanto o adormece, como paradigma cósmico da instabilidade e vicissitude inerente à condição de mortal. A primeira antístrofe contrasta a suave alternância entre Noite e Sol com a implacável persistência da angústia de Dejanira com a ausência do marido. A segunda estrofe compara a vida atribulada dos trabalhos de Héracles com o revolto mar cretense e ecoa as palavras de Hilo sobre a sorte do pai (cf. *Tr.* 88 e s.) ao concluir que um Deus infalível sempre o livra da morte. A segunda antístrofe aconselha Dejanira a não perder a boa esperança e justifica o conselho com a condição imposta por Zeus aos mortais de alternância entre dor e alegria e com um novo paradigma cósmico: o curso circular da constelação de Ursa. O epodo retoma o tema da alternância entre Noite e Dia, entre as Deusas manifestas nas perdas (*Kêres, Tr.* 133) e o Deus manifesto nas posses (*Ploûtos, Tr.* 133), entre o regozijo e o desgosto, e então reitera à rainha o conselho de "sempre ter esperanças", justificando-o desta vez com instigante pergunta cuja resposta seria não difícil, mas impossível: "Quem viu Zeus tão / desatento dos filhos?" (*Tr.* 139 e s.).

No primeiro episódio, na primeira das cinco cenas, Dejanira contrapõe a doce inexperiência de quando era moça (tal qual o Coro) às ininterruptas e angustiosas preocupações de hoje devido à sua condição de esposa, e explica a principal causa de suas aflições: ao partir de casa para a última viagem, Héracles lhe deixou misteriosa prancha com sinais inscritos, indicou quais posses legaria à esposa e quais partes da terra pátria legaria aos filhos, o que nunca antes fizera, prevendo para sua ausência o prazo de um ano e três meses, quando ou morreria ou, se escapasse, viveria doravante sem aflições. Tal era a revelação que o antigo carvalho lhe fizera por meio de duas pombas, no oráculo de Zeus em Dodona. O texto de Sófocles não nos permite decidir se a expressão "duas pombas" (*dissôn ek peleiádon, Tr.* 172) se refere a aves utilizadas no procedimento oracular, ou se se refere a sacerdotisas de Dodona, designadas em tempos históricos "pombas" (*peleiádes*, Pausânias, 10.12.10), mas tal ambivalência nos permitiria incluir nessa palavra oracular uma possível referência às duas mulheres (Dejanira e Íole) mediante as quais o vaticínio haveria de se cumprir e somente então o sentido do vaticínio se revelar claro e completo.

Decorridos os quinze meses, exasperam-se as aflições de Dejanira com o temor de "ficar / viúva do varão mais nobre de todos" (*Tr.* 176 e s.). O Coro lhe pede palavras de bom agouro, e anuncia a aproximação de um homem coroado de grinalda, indício de ser mensageiro boa notícia.

Na Segunda Cena, esse Mensageiro, movido pelo desejo de recompensa, se apressa a comunicar à rainha que o arauto Licas na planície entre o litoral e a cidade de Tráquis anunciara que Héracles vitorioso estava a caminho com o espólio da guerra. Exultante com a notícia, Dejanira agradece a Zeus do Monte Eta o motivo de júbilo, e convida à exultação as mulheres da casa e as integrantes do Coro.

O Coro em regozijo conclama a casa à celebração do reencontro do casal, instiga os varões a celebrar Apolo e as virgens a cantar o Peã invocando Ártemis e as ninfas, e imagina-se adornado de heras e extasiado na dança báquica ao som de flauta. Por fim, indica a Dejanira a aproximação do arauto como confirmação da notícia sobre Héracles.

Na Terceira Cena, o arauto Licas se apresenta como portador de boas notícias: Héracles ainda no Cabo Ceneu, em Eubeia, consagra oferendas a Zeus Ceneu pela recente conquista de Ecália, fortaleza do rei Êurito. Indagado por Dejanira se essa foi a causa de tão longa ausência de Héracles, Licas faz um relato cuja sequência não é cronológica, mas mnemônica:

1. Tempo B: A longa demora se deve a que Héracles, vendido (pelo rei Êurito como punição da morte de seu filho Ífito por Héracles), foi servo de Ônfale, rainha da Lídia (*Tr.* 248-253).

2. Tempo C: Héracles jurou retaliar o ultraje de Êurito e, depois de ser purificado (da morte de Ífito), reuniu tropa mercenária e em retaliação atacou Ecália, a fortaleza de Êurito (*Tr.* 254-261).

3. Tempo A: Êurito tinha insultado e maltratado Héracles ao recebê-lo como hóspede (*Tr.* 262-269). Ífito, filho de Êurito, foi a Tirinto à procura de suas éguas extraviadas, e Héracles, que aí residia, ressentido com o pai, matou o filho, empurrando-o do alto da muralha (*Tr.* 260-73).

4. Tempo B: Por essa morte dolosa de Ífito, Zeus pune Héracles com a servidão (pena que o rei Êurito se incumbiu de pôr em execução) (*Tr.* 274-280).

5. Tempo C: Héracles saqueia Ecália, mata Êurito e envia junto com o arauto para casa em Tráquis o espólio de guerra: um grupo de cativas (*Tr.* 281-290).

Com essa organização do relato, o arauto põe em relevo no centro da narrativa o que lhe parece mais importante: os fatos que teriam motivado Héracles a saquear Ecália.

O Coro insiste na manifesta felicidade da presente circunstância (cf. *Tr.* 224, 291). Dejanira reconhece ter justa alegria pela vitória do marido. No entanto, reconhece também a instabilidade inerente à condição de mortal e sente "terrível compaixão" ao ver o grupo de cativas, "que antes talvez fossem de pais livres / mas agora suportam a vida escrava" (*Tr.* 298, 301 e s.). Impreca a Zeus Troféu (*Zeû Tropaîe, Tr.* 303) que jamais veja seus filhos sofrerem esse revés. O epíteto de Zeus *Tropaîos* se refere à "virada" (*tropé*), em que uma das forças contrárias retrocede do combate e onde consumada a batalha os vencedores amontoam as armas recolhidas dos vencidos (*tropaîon*, "troféu").

Comovida, Dejanira se impressiona com a aparente nobreza de uma das cativas, fazendo-lhe perguntas pessoais. Não obtendo nenhuma resposta, volta-se para o arauto, que também não lhe dá nenhuma informação, alegando ter feito todo o seu trabalho em silêncio, sem nada indagar. Condoída com a situação das cativas, convida a todos para entrar em casa, no que é atendida, mas antes de ela mesma entrar, o Mensageiro a retém.

Na Quarta Cena, o Mensageiro adverte Dejanira de que o arauto a enganara, pois na praça perante muitas testemunhas ouvira dele que Héracles saqueara Ecália movido por Eros, que o fez arder por aquela moça, a cativa sofrida e altiva, ninguém menos que Íole, filha de Êurito, e agora Héracles a trazia para casa não como serva, mas como dona dele próprio. Atônita, Dejanira se pergunta o que fazer, e o Coro a aconselha a interrogar o arauto, que nesse momento providencialmente sai do palácio.

Na Quinta Cena, o arauto Licas, ao se despedir de Dejanira para retornar ao encontro de Héracles, é interpelado pelo Mensageiro, que lhe cobra explicações da divergência entre a versão dos fatos anunciada ao povo na praça e a anunciada à rainha ante o palácio. No anúncio ao povo, ele conduzia a esposa de Héracles, Íole, filha de Êurito, pela qual Héracles apaixonado saqueara Ecália. No anúncio à rainha, ele conduzia cativas anônimas, e Héracles destruíra Ecália por desavença com Êurito.

Licas tenta se esquivar do Mensageiro e descartá-lo. Dejanira persuade Licas a dizer-lhe a verdade, argumentando que: *1.* ela não é inepta e compreende ser irresistível o poder de Eros de modo a não incriminar nem Héracles nem Íole; *2.* se lhe ocultar a verdade, ele se mostrará vil e mentiroso quando outros a revelarem; *3.* não deve temer afligi-la com a notícia, porque já aceitou muitas outras infidelidades do marido sem vitupérios nem ofensas, e porque, ao ver Íole, já se compadeceu de sua sorte (*Tr.* 436-469). Licas se rende, confirma a verdade, isenta Héracles de culpa pela mentira, justifica a mentira pelo temor de magoá-la com o relato, reitera o pedido de que acolha a mulher, e conclui: "Ele vence tudo o mais no braço / mas é vencido no amor por ela" (*Tr.* 488 e s.). Dejanira se diz tranquila por reconhecer o poder de Eros, e convida o arauto a entrar em casa para receber instruções e dons recíprocos dos dons que lhe trouxe.

O Primeiro Estásimo reflete sobre o domínio de Afrodite e seu poder irresistível sobre Deuses e mortais. A estrofe declara preterir o que se diz de seu poder exercido sobre os Deuses Zeus, Hades e Posídon, e retoma do Prólogo o tema da competição pelas núpcias de Dejanira. A antístrofe descreve o combate de Aqueloo e Héracles por Dejanira, presidido e arbitrado somente por Cípris (Afrodite). O epodo contrapõe o combate renhido dos rivais à atitude de espera isolada e inativa da cobiçada noiva posta a prêmio.

No Segundo Episódio, na primeira cena, Dejanira retorna à frente do palácio para confidenciar ao Coro suas providências e deplorar sua situação. Ela prevê que compartilhando a casa com uma amante mais jovem será preterida pelo marido, e reafirma que não se encoleriza com

Héracles, apesar de considerar insuportável essa situação. Ela revela em que circunstâncias obteve do Centauro Nesso um procedimento mágico capaz de assegurar a exclusividade do amor de Héracles por ela, e como nesse ínterim preparou com esse recurso uma túnica a ser enviada ao marido. Mas um escrúpulo ainda a retém, e ela, ainda que diante de uma solução tão completa, quer saber se é lícito neste caso o recurso à magia.

O Coro cauteloso pergunta se há garantia nesse procedimento e, visto que toda garantia reside na aparência e na opinião, conclui que só a experiência consumada permitiria saber quão eficaz seria essa ação. Para o Coro aparentemente a eficácia legitima a ação. No entanto, Dejanira pede discrição ao Coro, argumentando que se o ato permanecer oculto, ainda que não seja belo, não se tornará vexaminoso. Embora o recurso à magia não seja em si condenável, o caráter doloso desse recurso é que estaria sujeito à reprovação.

Na Segunda Cena, o arauto se apresenta à rainha para pedir instruções antes de partir. Dejanira entrega ao arauto o presente para Héracles com minuciosas instruções de como e em que circunstâncias ele deveria usá-lo, visando secretamente com essas instruções a que fossem atendidas as exigências para a consecução da magia. Por fim, em velada reprovação à anterior ingerência do arauto, acrescenta a recomendação de que o arauto não ultrapassasse mas se ativesse às instruções recebidas, para obter, em vez de simples, dupla gratidão: a do rei e a da rainha. O arauto invoca sua participação no Deus Hermes, patrono dos arautos, como garantia de que cumprirá a sua missão.

No Segundo Estásimo, o Coro se rejubila com a expectativa do retorno de Héracles ao lar. A primeira estrofe enumera as localidades da circunvizinhança: o porto, as águas termais, os cimos do Monte Eta, o litoral de Mélida, o santuário da Deusa Ártemis e a praça em que os gregos se reuniam junto às Termópilas. A primeira antístrofe anuncia sons de flauta festivos e o iminente regresso de Héracles vitorioso. A segunda estrofe rememora a longa espera sem notícias de Héracles e a incessante angústia de Dejanira, e atribui ao Deus Ares a liberação de Héracles. Note-se que na conta do coro a ausência de Héracles se prolonga por doze meses (*Tr.* 647) e na conta de Dejanira, quinze meses (*Tr.* 44es., 164 e s.), quando o número exprime um sentimento e não um valor aritmético, e a duração da espera não pesa do mesmo modo para as moças da vizinhança e para a esposa angustiada. A segunda antístrofe formula votos pelo retorno de Héracles e enfim pela efetividade da magia amorosa.

No Terceiro Episódio, na primeira cena, temos o retorno não de Héracles, mas do persistente temor que sempre afligia Dejanira, agora agravado por espantoso indício: o floco de lã com que untara a túnica se desfez em contato com a luz sobre a laje do chão. Dejanira reporta as instruções do Centauro e o cuidado com que as observou. Tardiamente se pergunta por que aquele bicho a beneficiaria, a ela, que lhe causou a morte, e tardiamente compreende que lhe serviu de instrumento de vingança, e por fim decide que, se o marido morrer, só lhe resta morrer também. O Coro a aconselha a aguardar os fatos. Dejanira não o considera em situação igual à dela para ele poder avaliar, como ela o faz, a gravidade do que ela fez. O Coro a adverte do retorno de seu filho Hilo, que partira à procura do pai.

Na segunda cena, Hilo súbito lhe resume a situação em que ambos, mãe e filho, se encontram com a escolha de um destes três males: *1.* ou ela não mais vivesse; *2.* ou, se vivesse, outrem a tivesse por mãe; *3.* ou obtivesse ela um coração melhor do que de fato tem. Ominosamente, somente o primeiro dos três males constitui uma opção realizável.

Hilo lhe dá a temida notícia de neste dia ela ter matado Héracles. Interrogado, Hilo se vê constrangido a contar tudo o que viu, e o faz num relato objetivo, circunstanciado, formal e no entanto emocionalmente comprometido, tal como nas tragédias soem ser os relatos de mensageiro. O comprometimento emocional neste caso se mostra nas repetidas e insistentes incriminações de Dejanira ("tua dádiva", *Tr.* 758; "teu mal", *Tr.* 773; "dom só teu", *Tr.* 776; "danosas núpcias contigo", *Tr.* 791 e s.; "foste pega", *Tr.* 808). Hilo relata a entrega da dádiva de Dejanira e o seu uso em ocasião solene conforme as instruções, a adesão irremovível da túnica à pele, a dor voraz "como veneno letal de víbora odiosa"

(*Tr.* 771), a interrogação do arauto por Héracles e o surto de loucura em que Héracles mata o arauto, as contorções de dor, as incriminações a Dejanira, o encontro entre pai e filho, o possessivo comando do pai ao filho como a uma extensão de si mesmo (*Tr.* 797 e s.), o transporte do moribundo de Eubeia a Tráquis. Por fim, Hilo impreca que "Punitiva Justiça / e Erínis" (*Tr.* 808 e s.) a punam por matar "o melhor varão de todos / sobre a terra" (*Tr.* 811 e s.).

O Coro adverte Dejanira de que sua silenciosa partida confirma a acusação. Cego de dor e ódio, Hilo abjura a mãe e a pragueja.

No Terceiro Estásimo, o Coro reflete sobre o sentido numinoso dos fatos relatados. A primeira estrofe relembra o oráculo referido por Dejanira no Prólogo (*Tr.* 46, 79-81) e no Primeiro Episódio (*Tr.* 164-174) e se dá conta de que o significado final desse oráculo se consuma e se revela nos fatos reportados: o fim dos trabalhos significa a morte, o fim da vida. Ao se relembrar, o oráculo se reformula e se data não mais com referência à partida da última viagem de Héracles (doze ou quinze meses), mas com referência aos seus mitológicos doze trabalhos, contando um ano para cada um deles (doze anos: "doze verões", *i.e.*, "doze messes", *dodékatos árotos, Tr.* 825). Com essa mudança de referência, o oráculo, ao se revelar nos acontecimentos em curso, remete também ao sentido existencial dos trabalhos empreendidos pelo herói.

A primeira antístrofe imagina a agonia de Héracles preso à túnica sob a ação do veneno como uma luta em que ele se atraca com o Centauro Nesso e a Hidra de Lerna. O veneno se diz "cria de Morte, cria de vária Víbora" (*Tr.* 834), equiparando Morte e Hidra em poder destrutivo. O Centauro também se diz "Crinipreto" (*melankhaíta*, *Tr.* 837), epíteto comum de Hades (cf. E. *Alc.* 439).

A segunda estrofe reflete sobre a comparticipação de Dejanira na consumação do oráculo. A conjunção de causas concomitantes ultrapassa e inclui a ação da rainha ciosa de seu casamento. "Sorte" (*Moîra, Tr.* 849), a Deusa que preside a partilha e concede a cada um o seu quinhão, traz consigo a "Erronia" (*átan, Tr.* 850), a Deusa presente no autoengano em que um mortal por equívoco se destrói a si mesmo.

A segunda antístrofe evoca a irrupção no Coro de um pranto compassivo por Dejanira, evoca também o surto do distúrbio que agora ataca Héracles como nunca o atacaram seus inimigos, e sugere a continuidade do distúrbio doloroso, que agora o destrói, e do distúrbio amoroso, que antes o empolgara na rápida devastação de Ecália por causa de uma moça. E conclui com a evidente presença e ação decisiva da Deusa Afrodite nesses acontecimentos.

No Quarto Episódio, um lamento dentro do palácio precede a entrada da Nutriz, agora sombria e carrancuda. No diálogo entre a Nutriz e o Coro ressoam e confirmam-se os presságios sugeridos no Terceiro Estásimo (cf. "grande dano", *Tr.* 843; "grande erronia", *Tr.*850; "grande Erínis", *Tr.* 895) e, à maneira dos preliminares comuns aos discursos de mensageiro, resume-se o que o relato em seguida pormenoriza: Dejanira se matou com uma espada.

No relato da Nutriz contam-se quatro momentos: *1.* dentro de casa, Dejanira vê no pátio interno Hilo preparar uma maca para o pai, esconde-se e despede-se aos brados de seus altares, aos prantos de seus utensílios domésticos e em silêncio choroso de seus servos, e invoca seu próprio Nume e sua rejeição por seu próprio filho (*Tr.* 899-911); *2.* Dejanira se despede do leito conjugal, sentada no meio dele, onde se mata enfiando espada no ventre (*Tr.* 912-931); *3.* Hilo, já informado do engano da mãe persuadida pelo Centauro, ao ver a mãe abraça-a e beija-a aos prantos, duplamente órfão (*Tr.* 932-942); *4.* por fim, uma reflexão da Nutriz retoma as palavras prologais de Dejanira sobre a instabilidade da vida dos mortais e imprevisibilidade do porvir (*Tr.* 943-946).

O Quarto Estásimo começa com um lamento fúnebre: a primeira estrofe se pergunta qual chorar primeiro, se à senhora ou se ao senhor; a primeira antístrofe equipara o presente ao futuro, quando ela está morta em casa e ele moribundo por chegar. A segunda estrofe formula o desejo impossível de evasão, arrebatada por bons ventos, para evitar a nefanda visão do funesto tormento de Héracles. A segunda antístrofe anuncia a chegada silenciosa de estrangeiros transportando silencioso Héracles, não se sabe se morto ou apenas adormecido.

No Êxodo, Hilo, ao sair de casa onde a morte de Dejanira o retivera, encontra um cortejo que transporta numa liteira Héracles adormecido. Ignorando se o pai está vivo ou morto, Hilo se desespera. Um ancião anônimo, como porta-voz dos servos cuidadores, tenta acalmá-lo para evitar que desperte Héracles do sono que lhe sucedera à dor extenuante.

Héracles desperta, transido de dor, invoca Zeus e interpela o altar que no Monte Ceneu consagrara a Zeus por sua conquista de Ecália e que não o impediu de se ver destruído por súbito mal. Admite que somente Zeus poderia curá-lo desse mal a que se refere como "erronia" (*átan*, *Tr.* 1002).

Na estrofe (*Tr.* 1004-1017), Héracles exprime sua dor com ordens, indagações e queixas que indicam desejo de isolar-se e alheamento, e conclui com pedidos de fogo, de faca e de que o matem para livrá-lo do horror. Entre a estrofe e a antístrofe, o ancião delega a Hilo os cuidados com tão difícil enfermo.

Na antístrofe (*Tr.* 1023-1043), Héracles reconhece pela voz a presença de seu filho, pede-lhe assistência, indica o paroxismo da convulsão, invoca a Deusa sua protetora Palas Atena, exorta o filho a matá-lo com faca para curá-lo da dor, deseja ver a culpada dessa sua situação cair desse mesmo modo e, por fim, invoca o Deus Hades a quem pede o sono de rápida morte.

Numa longa fala (*Tr.* 1046-1111), Héracles menciona atribulações e trabalhos pretéritos, que lhe parecem inócuos perante sua presente devastação infligida por uma mulher só. Insta seu filho Hilo a lhe trazer à força a mãe Dejanira para que ele puna a culpada de sua situação ultrajante e veja se o filho sofre mais ao ver o pai ser ultrajado ou ao ver a mãe ser punida; e pede comiseração ao filho pelo insuportável sofrimento que o reduz a gritar e chorar como uma moça, quando nunca foi visto lastimando as misérias sofridas. Convida o filho a aproximar-se para ver o seu corpo devastado, dispondo-se a mostrá-lo, mas solta gemidos sob novo ataque de convulsão, e impreca a Hades que o receba e a Zeus que o fulmine. Relembra os seus pregressos combates contra o Leão de Nemeia, a Hidra de Lerna, a tropa de Centauros, o javali de

Erimanto, o cão tricéfalo de Hades e a serpente guardiã das maçãs douradas das Hespérides, tendo vencido todos os seus inimigos, mas agora se vê travado, abatido e prostrado. No entanto, reafirma sua gana de vingança como expressão de seu senso de justiça.

O Coro evoca o rigor do luto que atingiria toda a Grécia com o falecimento de Héracles (*Tr.* 1012 e s.). Convergem neste reconhecimento do valor excepcional de Héracles tanto as palavras de Dejanira ("o varão mais nobre de todos", *Tr.* 177) quanto as de Hilo ("o melhor varão de todos", *Tr.* 811).

Hilo cautelosamente encontra o momento e as palavras para revelar a seu pai o que descobrira sobre sua mãe: a equivocada tentativa de usar supostos amavios para reconquistar o amor do marido, por indução do Centauro Nesso. O nome desse morto deflagra em Héracles a compreensão de antigo oráculo que súbito lhe esclarece sua própria situação.

Héracles de imediato insta Hilo a reunir já todos os seus filhos e sua mãe para lhes anunciar a fala final dos oráculos dele conhecidos. Mas alega Hilo que a mãe reside em Tirinto com alguns dos filhos e os outros moram em Tebas, e dispõe-se a ouvi-lo e atendê-lo com os demais presentes. Héracles então revela dois vaticínios antigos: um oráculo proveniente de seu pai Zeus, segundo o qual nenhum vivente o mataria, mas um morto; e outro oráculo, obtido em Dodona dos sacerdotes de Zeus, segundo o qual no tempo ora presente se livraria das fadigas (cf. *Tr.* 79-81, 157-168), o que ele agora compreende significar sua morte, "pois os mortos não têm trabalho" (*Tr.* 1173).

Em seguida, Héracles evoca a mais bela das leis, a da obediência ao pai, e exige de Hilo um juramento por seu pai Zeus de que cumprirá o que ele lhe pedir. Feito o juramento, Hilo ouve o primeiro pedido: no cimo do Monte Eta, erguer uma pira e cremá-lo vivo sem lágrima nem lástima. Hilo teme acender a pira, devido à poluência de atentar contra a vida do próprio pai. Héracles o dispensa desse ato, conquanto execute todo o restante.

Hilo ouve então o segundo pedido: depois da morte de Héracles, desposar Íole. Héracles anuncia esse pedido como se fosse um pequeno favor depois de concedida a grande graça do anterior, e justifica-o alegando que nenhum outro senão seu filho deveria possuir a que compartilhou o seu leito. Sem dúvida, Héracles entende o filho como uma extensão e continuação dele próprio (cf. *Tr.* 797 e s.).

O segundo pedido não parece a Hilo menos horrendo que o primeiro, pois ele atribui a Íole a participação na causa de ele perder os seus pais. Hilo a declara a única a compartilhar a causa (*metaítios*, *Tr.* 1234) da morte de sua mãe Dejanira e do estado moribundo de seu pai Héracles. Ele sabe que Dejanira se matou e que na causa da destruição de Héracles concorrem, além da anuência dos Deuses, o sangue peçonhento da hidra de Lerna, o ardil vingativo do Centauro e a ingenuidade crédula de Dejanira, mas de todos esses implicados na morte de Dejanira e na destruição de Héracles, Íole é a única ainda viva.

No entanto, Héracles é irredutível e, valendo-se de sua autoridade paterna e da já antes proferida ameaça de imprecação, exige que ambos os seus pedidos sejam acatados e executados (exceto Hilo mesmo acender a pira). Suas instruções a Hilo e aos servos constituem indicações cênicas de que o transportem em cortejo para o Monte Eta (*Tr.* 1252-1255). Por fim, ecoando as palavras do oráculo, aceita a morte como "o repouso / dos males" (*Tr.* 1255 e s.) e, em sua última fala, recobra a determinação de suportar as dores em silêncio e "como se com júbilo" (*hos epíkharton*, *Tr.* 1262).

Por um lado, na aceitação final por Héracles da morte como "repouso dos males" evoca a sabedoria do Coro de *Édipo em Colono*, segundo a qual para os mortais o maior bem é não ter nascido e o segundo, retornar o mais rápido lá donde se veio a ser (*É.C.* 1224-1227). Por outro lado, os expectadores do Teatro de Dioniso devem ter notado na queixa final de Hilo contra a inclemência dos Deuses uma incontornável ironia inerente aos limites da consciência que os mortais têm de seu próprio destino, pois os funerais antecipados de Héracles moribundo contrastam e evocam a tradicionalmente bem conhecida apoteose de Héracles, que no Olimpo desposa a Deusa Hebe, filha de Zeus e Hera, o que significa a eterna juventude e beatitude e a glória imperecíveis (cf. Hesíodo, *Teogonia* 950-955).

Quanto aos quatro versos finais, desde a Antiguidade há dúvidas se devem ser atribuídos ao Coro ou a Hilo. Seguindo a edição crítica de H. Lloyd-Jones e N. G. Wilson, que os atribui a Hilo, consideramos que esta atribuição implica a piedosa aceitação por Hilo das imposições paternas e um convite a Íole para participar dos assombrosos funerais do herói. Confirmando essa aceitação, o último verso reconhece a determinação de Zeus no curso dos acontecimentos.

REFERÊNCIAS BIBLIOGRÁFICAS

SOPHOCLES. *Trachiniae.* P. E. Easterling (ed.). Cambridge University Press, 1982.

______. *Fabulae.* H. Lloyd-Jones e N. G. Wilson (ed.). Oxford, Oxford University Press, 1990.

WINNIGTON-INGRAM, R. P. *Sophocles. An Interpretation.* Cambridge, Cambridge University Press, 1980.

Zeus, o Carvalho, Duas Pombas e um Centauro

Beatriz de Paoli

A trama de *As Traquínias* é pontuada por referências a oráculos do prólogo ao Êxodo. A despeito da menção à sua fixação por meio da escrita (*Tr.* 46, 157-58, 683), é notável a sua mobilidade e mutabilidade. Essa característica proteica dos oráculos, em que o conteúdo emerge em diferentes formulações e é revelado aos poucos, acaba por criar muitas vezes um embaraço e uma divergência entre os comentadores no que concerne à quantidade de oráculos que podem ser distinguidos no texto de *As Traquínias*. Essas referências esparsas, cambiantes e, sobretudo, enigmáticas, formam uma rede complexa de comunicação oracular, em que ocasionalmente se confundem as fronteiras entre a palavra mortal e a divina, oracular, e entre a palavra ordinária e a maldição, a profecia, o oráculo.

Considerando, portanto, tais características, podem-se divisar nesta tragédia, menções a três oráculos distintos, a saber:

1. o recebido por Héracles no oráculo de Zeus em Dodona, mencionado por Dejanira no Prólogo (*Tr.* 45-47; 156-172), pelo Coro no Terceiro Estásimo (*Tr.* 821-30) e por Héracles no Êxodo (*Tr.* 1166-73);

2. o de Nesso, visto que sua fala, ao morrer, possui um valor profético e constitui em si mesma, pela forma como é caracterizada e por sua função, um semioráculo, sendo mencionado por Dejanira no Segundo e no Terceiro Episódios (*Tr.* 569-77; 680-687);

3. o recebido por Héracles de Zeus, sem que haja menção a um local específico em que tenha sido recebido, e que é mencionado somente no Êxodo por Héracles (*Tr.* 1159-63).

O primeiro oráculo – o oráculo de Dodona – é mencionado indiretamente, no Prólogo, quando Dejanira justifica seu temor pelo destino de Héracles referindo-se à duração temporal de sua ausência – "dez / meses mais cinco" (*Tr.* 44-45) –, o que, de acordo com o que se lê na prancha (*déltos*, *Tr.* 46), diz ela, constitui um mal. Não há aqui nenhuma referência explícita a um oráculo; apenas essa breve, enigmática e ominosa menção a uma prancha que alude aos quinze meses de ausência de Héracles em conexão a "um mal terrível" (*ti deinòn pêma*, *Tr.* 46).

Alguns versos depois, porém, em seu diálogo com seu filho Hilo, a quem deseja enviar em busca de notícias do pai, Dejanira menciona "vaticínios críveis" (*manteîa pistá*, *Tr.* 77) e enuncia uma primeira formulação do oráculo: Héracles "ou irá completar o término da vida / ou, se vencer este certame, poderá / doravante viver bem a restante vida" (*Tr.* 79-81).

Formulado nestes termos por Dejanira, o oráculo apresenta uma alternativa para o destino de Héracles *ou* morrer *ou* viver bem doravante. O que irá determinar a realização de uma dessas alternativas é o cumprimento de um precedente condicional – "se vencer este certame" – isto é, o seu cumprimento depende da realização ou não de um precedente, que, neste caso, é vencer o certame.

Na segunda formulação do oráculo por Dejanira, no primeiro episódio, novas informações são acrescentadas às já mencionadas. A prancha e a referência temporal reaparecem em conexão explícita com o oráculo, que, conforme relatado por Dejanira, Héracles recebera em Dodona, onde o carvalho falara por meio de duas pombas.

O oráculo de Zeus, em Dodona, no Epiro, situava-se aos pés do Monte Tmaro. O mais antigo testemunho de sua existência encontra-se em Homero (*Il.* 16, 233-35; *Od.* 14, 327-28; 19, 296-97) e, de acordo com seu relato, o corpo sacerdotal ligado ao oráculo era denominado *selloí*, termo que designa igualmente os antigos habitantes da região, e que é mencionado por Héracles no Êxodo (*Tr.* 1167). Porém, as pombas de que fala Dejanira poderiam se referir a sacerdotisas, as *peleiádes*, a serviço do oráculo, de que falam Heródoto (II, 55-57) e Pausânias (10.12.10), ou ainda às aves cujos arrulhos compunham, juntamente com o murmúrio do vento na folhagem do carvalho, a linguagem oracular mediante a qual Zeus expressava seus desígnios em Dodona.

Assim como não é possível definir com exatidão se o corpo sacerdotal do oráculo era composto pelos *selloí*, ou pelas *peleiádes*, ou por ambos, também não é possível definir com exatidão a que se referem as duas pombas mencionadas por Dejanira. Nessa ambiguidade, no entanto, como observou Torrano anteriormente, poderia residir uma referência às duas mulheres, Dejanira e Íole, através das quais o oráculo se cumpre e seu verdadeiro sentido se revela.

Ainda que os termos desta segunda formulação do oráculo sejam distintos e novas informações sejam acrescidas, o oráculo ainda aparece formulado sobre uma estrutura entre termos alternativos: "ou nesse tempo ele morreria / ou, se escapasse, já o tempo restante / viveria doravante a vida sem aflições" (*Tr.* 166-68). Os termos da alternativa permanecem essencialmente os mesmos: *ou* morrer *ou* viver doravante sem aflições, assim como permanece a existência de um precedente condicional de teor semelhante: "se escapasse".

Quando, no Primeiro Episódio, o Mensageiro entra em cena trazendo a notícia do iminente retorno de Héracles, que "vive e vitorioso vem" (*Tr.* 182) – a que se segue um canto de júbilo do Coro (*Tr.* 205-224) num anticlímax característico do teatro sofocliano –, o oráculo de Dodona parece estar se cumprindo, e, visto que cumprido foi o fator precedente que condicionava a sua realização – "se vencer este certame", "se escapasse" (*Tr.* 80, 167) – o destino de Héracles seria agora viver uma vida livre de aflições. De fato, o oráculo está se cumprindo, mas não no sentindo em que o entenderam seja Dejanira, seja o Coro, seja o próprio Héracles, visto que o que parecia um enunciado claro, com termos precisos e distintos, revela-se ser, em realidade, um enigma. É preciso, portanto, decifrar esse enigma para poder compreender o sentido do oráculo e o que ele de fato prenuncia.

A chave para resolver esse enigma está na verdadeira natureza da relação entre os termos: *ou* morrer *ou* viver sem aflições. A própria natureza de Héracles é quem vai definir essa relação, já que ela não permite que os dois termos sejam mantidos como uma alternativa, ou seja, em disjunção. Héracles é o grande herói, vencedor de certames; nesta tragédia, são mencionados vários de seus *agónes*, de modo que a própria existência de Héracles se esgota quando se esgotam seus trabalhos. Cumprir os precedentes condicionais – "se vencer este certame", "se escapasse" (*Tr.* 80, 167) – para viver uma vida livre de aflições significa "o término dos trabalhos de Héracles" (*Tr.* 170), como proclamara o oráculo de Dodona, tal como Héracles o narrou a Dejanira ao partir. E os términos dos trabalhos de Héracles significam o término do próprio herói. Sendo assim, a verdadeira natureza da relação entre os termos *ou* morrer *ou* viver sem aflições seria não uma relação de disjunção – *ou* A *ou* B –, mas de inclusão – *tanto* A *como* B –; Héracles, ao fim de quinze meses, iria *tanto* viver uma vida livre das aflições de seus trabalhos *como* morrer, porque, ao fim e ao cabo, uma vida sem aflições, sem *agónes*, significa sua morte e é justamente isso que o oráculo prenuncia.

Esse é o sentido do oráculo que o Coro explicita no terceiro estásimo: "Como, se já não vive, / ainda uma vez mais / teria difícil servidão?" (*Tr.* 828-30). Não se trata, assim, de um oráculo diferente a que o Coro se refere, ao que a menção a uma duração temporal distinta – de doze anos e não de quinze meses – poderia induzir. Trata-se do mesmo oráculo, que, como observou Torrano, agora é mencionado com referência não à data da partida de sua última viagem, os quinze meses, mas aos seus dozes trabalhos, em que se atribui a duração de um ano para cada um deles. O Coro, portanto, no Terceiro Estásimo explicita o sentido do oráculo de Dodona, cuja iminente realização permite enfim desvendar-lhe o enigma. Esse mesmo sentido é explicitado pelo próprio Héracles, moribundo, no Êxodo: "isso não era senão a morte, / pois os mortos não têm trabalho" (*Tr.* 1172-73).

É igualmente como um enigma que figuram as palavras de Nesso ao morrer. Dejanira se refere ao sangue do Centauro como uma "velha dádiva" (*palaiòn dôron, Tr.* 555). Além da ironia trágica presente nesses termos – visto que é com esse sangue que ela irá provocar a morte de seu marido –, as palavras de Dejanira, evocam, por sua sonoridade e pela recorrência do adjetivo *palaiós*, a "prístina prancha" (*palaiàn délton, Tr.* 555) onde foi inscrito o oráculo pronunciado pelo "prístino carvalho" (*palaiàn phegón, Tr.* 171). E enquanto o oráculo de Dodona foi inscrito em uma prancha (*délton eggegramménen, Tr.* 157), a fala de Nesso foi guardada por Dejanira tal como escrita em prancha de bronze (*khalkês ... ek déltou graphén, Tr.* 683).

Essas referências textuais, além do fato de as últimas palavras de um moribundo poderem ter valor profético – como se observa, por exemplo, nas palavras de Pátroclo a Heitor no canto 16 da *Ilíada* (vv. 852-54) ou na palavra imprecatória de Atreu no *Agamêmnon* de Ésquilo (*Ag.* 1600-1602) –, possibilitam que se estabeleça uma relação entre o oráculo de Dodona e a fala de Nesso, de modo que a ambiguidade e os jogos de sentido de que está eivada a fala do Centauro podem ser entendidos como próprios à linguagem oracular, tal como esta é representada nas tragédias sofoclianas.

No Segundo Episódio, Dejanira narra ao Coro em discurso direto a fala de Nesso ao morrer. O Centauro oferece à jovem esposa de Héracles o sangue de sua ferida como um sortilégio capaz de fazer com que Héracles não amasse a nenhuma outra mulher além de Dejanira. O oráculo formula-se, ainda que de forma menos explícita, igualmente como uma alternativa: "de modo a ele não mais querer / nenhuma mulher em vez de ti" (*Tr.* 575-77), em que os termos da alternativa são: *ou* amar outra mulher *ou* amar somente Dejanira. Igualmente, há um precedente condicional, que é "se coletares o cruor de minha chaga" (*Tr.* 572). No entanto, toda essa estrutura, que reproduz a do oráculo de Dodona, está pendente do cumprimento de um primeiro precedente condicional, que abre o período, logo após o vocativo: "se confiares" (*eàn píthei, Tr.* 570). Ora, esse primeiro precedente condicional não é necessário no oráculo de Dodona, que goza de autoridade e legitimidade, mas figura aqui porque as palavras de Nesso, embora proféticas e, ao final, verdadeiras, não gozam de autoridade e legitimidade oracular; elas são, em verdade, uma maldição. Esse é o grande equívoco de Dejanira e o primeiro que ela percebe ao mencionar novamente o "oráculo" de Nesso após ver que a meada de lã utilizada para embeber a túnica de Héracles com a poção se consumira à luz do Sol: "Por que ao morrer o bicho seria / bom comigo pela qual morria?" (*Tr.* 707-708). Ao confiar, Dejanira cumpre o precedente que condiciona toda a estrutura e, sendo esse precedente um equívoco, todo o resto do "oráculo" é interpretado por ela sob esse mesmo signo do equívoco, que aqui se caracteriza pela inversão dos sentidos para o seu oposto. Assim sendo, o que Nesso lhe oferece como um proveito ("terás bens", *onései*, *Tr.* 570) revela-se afinal prejuízo; o que Nesso lhe oferece como "magia do coração" (*phrenós ... keletérion*, *Tr.* 575) revela-se afinal veneno (*iós*, *Tr.* 717); o que Nesso lhe oferece como uma alternativa - *ou* amar outra mulher *ou* amar somente Dejanira - revela-se afinal uma anulação: *não* amar nenhuma outra mulher *nem* amar somente Dejanira, visto que Héracles morrerá. E a morte de Héracles é o evento que se prenuncia e se realiza através do "oráculo" do Centauro: um oráculo que é uma maldição em forma de enigma, decifrável se lido às avessas, mas ainda assim verdadeiro.

O oráculo de Zeus entregue a Héracles é o que se caracteriza talvez de forma mais perceptível como um enigma. Héracles, no Êxodo, narra ter recebido de seu pai um oráculo que dizia que ele não haveria de ser morto por alguém vivo e sim por um morador do Hades (*Tr.* 1160-61). O filho de Zeus parece ter interpretado o oráculo como a expressão de um *adýnaton*: não é possível os mortos matarem os vivos; logo, não serei morto. Ao ficar sabendo, porém, da artimanha de Nesso, Héracles desvenda o enigma do oráculo: "morto me matou vivo" (*Tr.* 1163); tratava-se, afinal, da expressão de um *pseudoadýnaton*.

O oráculo de Zeus prenuncia o mesmo que prenunciam os demais oráculos: a morte de Héracles. A chave para desvendar o oráculo de

Zeus – o que leva à compreensão de que se trata de um *pseudoadýnaton* oracular – é Nesso. O Centauro é a resposta ao enigma – curiosamente, na *Antologia Palatina*, encontram-se duas versões de uma adivinha cuja solução é "Nesso" (A.P. 14, 32-33). Isso coloca o "oráculo" do Centauro numa relação direta com o oráculo de Zeus, de que é a contraparte. Ainda que, no espectro da comunicação oracular, a fala do Centauro esteja do lado oposto àquele em que se situa a fala de Zeus, elas são complementares. Igualmente, o oráculo de Dodona e o "oráculo" de Nesso estão intimamente relacionados. Por não interpretar corretamente o oráculo de Dodona e crendo Héracles fora de perigo, Dejanira recorre ao sortilégio entregue por Nesso, reatualizando suas palavras, materializadas na poção de amor. Além disso, Héracles estabelece uma relação igualmente direta entre o oráculo recebido de Zeus outrora (*próphanton ... pálai*, *Tr.* 1159) e o oráculo recebido em Dodona, os "novos sinais" (*manteîa kainá*, *Tr.* 1165), colocando-os numa relação de consonância (*ksynégora*, *Tr.* 1165).

No Êxodo, portanto, estando a ponto de se realizar aquilo que prenunciaram, todos os oráculos convergem e se encaixam perfeitamente como peças de um quebra-cabeça. Mas, ao final da tragédia, montado o quebra-cabeças, que imagem poderia ser vista ali refletida? Se, como se costuma observar com relação a esta tragédia, os oráculos são ambíguos e enigmáticos e revelam seu verdadeiro sentido somente ao final, qual seria então esse sentido?

Assim como, em *Ájax*, o oráculo de Tirésias a respeito da duração de um dia para a cólera de Atena evoca a máxima expressa pela Deusa no Prólogo de que um dia basta para derrubar ou reerguer tudo que é humano (*Áj.* 131-32), da mesma forma, os oráculos em *As Traquínias* evocam o velho provérbio de "que não se sabe se vida dos mortais, é boa ou má, antes de que tenha morrido" (*Tr.* 2-3), uma forma de enunciar a instabilidade e a imprevisibilidade da vida dos mortais. Héracles interpreta erroneamente o oráculo recebido em Dodona e o recebido de Zeus; quanto ao primeiro, o erro está em não perceber que viver uma vida livre de aflições significa a sua morte e, que, portanto, o oráculo postula não uma relação disjuntiva entre dois termos, mas inclusiva;

quanto ao segundo, o erro está em tomar a fala de Zeus como a expressão de um *adýnaton* e não como de um *pseudoadýnaton*, como de fato é. Dejanira, por sua vez, interpreta erroneamente o oráculo de Dodona, da mesma forma como o faz Héracles, e também falha em interpretar as palavras oraculares de Nesso, cujo sentido se revela o oposto do que a princípio pareceriam significar. A trama trágica de *As Traquínias* se articula e se desenvolve, desse modo, nesse espaço que se abre entre a palavra oracular – de formas e fontes distintas – e a sua interpretação equivocada por parte dos heróis, que é, em última instância, fundamentalmente um espaço de representação da instabilidade das coisas humanas.

REFERÊNCIAS BIBLIOGRÁFICAS

Bowman, L. M. *Knowledge and Prophecy in Sophokles*. Los Angeles, University of California, 1994, 245 pp. Thesis Dissertation.

______. "Prophecy and Authority in the Trachiniai". *The American Journal of Philology*, vol. 120, n. 3, pp. 335-350, 1999.

Crahay, R. *La Littérature Oraculaire chez Hérodote*. Paris, Les Belles Lettres, 1956.

Fontenrose, J. *The Delphic Oracle. Its Responses and Operations with a Catalogue of Responses*. Berkeley and Los Angeles, University of California Press, 1978.

Hester, A. A. "'Either … or' versus 'Both … and': A Dramatic Device in Sophocles". *Antichthon*, vol. 13, pp. 12-18, 1979.

Kamerbeek, J. C. *The Plays of Sophocles*. Part ii: *The Trachiniae*. Leiden, Brill, 1970.

Pistone, A. N. *When the Gods Speak: Oracular Communication and Concepts of Language in Sophocles*. University of Michigan, 2017, 260 pp. Thesis Dissertation.

Segal, C. "The Oracles of Sophocles' Trachiniae: Convergence or Confusion?" *Harvard Studies in Classical Philology*, vol. 100, pp. 151-171, 2000.

Sophocles. *Trachiniae*. Edited by P. E. Easterling. Cambridge, Cambridge University Press, 1982.

TPAXINIAI / AS TRAQUÍNIAS*

* A presente tradução segue o texto de H. Lloyd-Jones e N. G. Wilson, *Sophoclis Fabulae*, Oxford, Oxford University Press, 1990. Os números à margem dos versos seguem a referência estabelecida pela tradição filológica e nem sempre coincidem com a sequência ordinal (N. do T.).

ΤΑ ΤΟΥ ΔΡΑΜΑΤΟΣ ΠΡΟΣΩΠΑ

Δηάνειρα
Δούλη τροφός
Ὕλλος
Χορὸς γυναικῶν Τραχινίων
Ἄγγελος
Λίχας
Πρέσβυς
Ἡρακλῆς

PERSONAGENS DO DRAMA

DEJANIRA
NUTRIZ
HILO
CORO DE MULHERES TRAQUÍNIAS
MENSAGEIRO
LICAS
ANCIÃO
HÉRACLES

ΔΗΙΑΝΕΙΡΑ

Λόγος μὲν ἔστ› ἀρχαῖος ἀνθρώπων φανεὶς
ὡς οὐκ ἂν αἰῶν› ἐκμάθοις βροτῶν, πρὶν ἂν
θάνῃ τις, οὔτ› εἰ χρηστὸς οὔτ› εἴ τῳ κακός·
ἐγὼ δὲ τὸν ἐμόν, καὶ πρὶν εἰς Ἅιδου μολεῖν,
5 ἔξοιδ› ἔχουσα δυστυχῆ τε καὶ βαρύν,
ἥτις πατρὸς μὲν ἐν δόμοισιν Οἰνέως
ναίουσ› ἔτ› ἐν Πλευρῶνι νυμφείων ὄτλον
ἄλγιστον ἔσχον, εἴ τις Αἰτωλὶς γυνή.
μνηστὴρ γὰρ ἦν μοι ποταμός, Ἀχελῷον λέγω,
10 ὅς μ› ἐν τρισὶν μορφαῖσιν ἐξῄτει πατρός,
φοιτῶν ἐναργὴς ταῦρος, ἄλλοτ› αἰόλος
δράκων ἑλικτός, ἄλλοτ› ἀνδρείῳ κύτει
βούπρῳρος· ἐκ δὲ δασκίου γενειάδος
κρουνοὶ διερραίνοντο κρηναίου ποτοῦ.
15 τοιόνδ› ἐγὼ μνηστῆρα προσδεδεγμένη
δύστηνος αἰεὶ κατθανεῖν ἐπηυχόμην,
πρὶν τῆσδε κοίτης ἐμπελασθῆναί ποτε.
χρόνῳ δ› ἐν ὑστέρῳ μέν, ἀσμένῃ δέ μοι,
ὁ κλεινὸς ἦλθε Ζηνὸς Ἀλκμήνης τε παῖς·
20 ὃς εἰς ἀγῶνα τῷδε συμπεσὼν μάχης
ἐκλύεταί με. καὶ τρόπον μὲν ἂν πόνων
οὐκ ἂν διείποιμ›· οὐ γὰρ οἶδ›· ἀλλ› ὅστις ἦν
θακῶν ἀταρβὴς τῆς θέας, ὅδ› ἂν λέγοι.
ἐγὼ γὰρ ἥμην ἐκπεπληγμένη φόβῳ
25 μή μοι τὸ κάλλος ἄλγος ἐξεύροι ποτέ.
τέλος δ› ἔθηκε Ζεὺς ἀγώνιος καλῶς,
εἰ δὴ καλῶς. λέχος γὰρ Ἡρακλεῖ κριτὸν
ξυστᾶσ› ἀεί τιν› ἐκ φόβου φόβον τρέφω,
κείνου προκηραίνουσα. νὺξ γὰρ εἰσάγει

PRÓLOGO (1-93)

DEJANIRA

É sentença de homens surgida outrora
que não se saberia se vida de mortais
é boa ou má, antes que tenha morrido.
Bem sei, antes mesmo de ir ao Hades,
5 que minha vida é infausta e gravosa.
Ainda morando em casa de pai Eneu
em Plêuron tive mais doloroso travo
de núpcias que mulher etólia já teve.
Meu pretendente era o rio Aqueloo,
10 que sob três formas me pediu ao pai,
uma vez touro manifesto, outra vez
móbil serpente espiral e ainda outra
com proa taurina em corpo humano;
da barba densa fluíam fontes potáveis.
15 E na expectativa de tal pretendente
infeliz eu sempre suplicava a morte
antes de me aproximar desse leito.
Tempo depois, para minha alegria,
veio o ínclito filho de Zeus e Alcmena
20 e colidindo com ele na porfia da luta
livra-me. Como se deram os combates
não contarei, pois não sei, mas quem
ficou sem medo de olhar, esse diria,
pois eu lá estava tomada de pavor
25 de que a beleza me trouxesse dor.
Por fim Zeus Lutador bem dispôs,
se é que bem: seleta noiva de Héracles
eu sempre nutro pavor após pavor
ansiosa por ele, pois Noite inspira

30 *καὶ νὺξ ἀπωθεῖ διαδεδεγμένη πόνον.*
κἀφύσαμεν δὴ παῖδας, οὓς κεῖνός ποτε,
γῄτης ὅπως ἄρουραν ἔκτοπον λαβών,
σπείρων μόνον προσεῖδε κἀξαμῶν ἅπαξ·
τοιοῦτος αἰὼν εἰς δόμους τε κἀκ δόμων
35 *ἀεὶ τὸν ἄνδρ› ἔπεμπε λατρεύοντά τῳ.*
νῦν δ› ἡνίκ› ἄθλων τῶνδ› ὑπερτελὴς ἔφυ,
ἐνταῦθα δὴ μάλιστα ταρβήσασ› ἔχω.
ἐξ οὗ γὰρ ἔκτα κεῖνος Ἰφίτου βίαν,
ἡμεῖς μὲν ἐν Τραχῖνι τῇδ› ἀνάστατοι
40 *ξένῳ παρ› ἀνδρὶ ναίομεν, κεῖνος δ› ὅπου*
βέβηκεν οὐδεὶς οἶδε· πλὴν ἐμοὶ πικρὰς
ὠδῖνας αὐτοῦ προσβαλὼν ἀποίχεται.
σχεδὸν δ› ἐπίσταμαί τι πῆμ› ἔχοντά νιν·
χρόνον γὰρ οὐχὶ βαιόν, ἀλλ› ἤδη δέκα
45 *μῆνας πρὸς ἄλλοις πέντ› ἀκήρυκτος μένει.*
κἄστιν τι δεινὸν πῆμα· τοιαύτην ἐμοὶ
δέλτον λιπὼν ἔστειχε· τὴν ἐγὼ θαμὰ
θεοῖς ἀρῶμαι πημονῆς ἄτερ λαβεῖν.

ΤΡΟΦΟΣ

δέσποινα Δῃάνειρα, πολλὰ μέν σ› ἐγὼ
50 *κατεῖδον ἤδη πανδάκρυτ› ὀδύρματα*
τὴν Ἡράκλειον ἔξοδον γοωμένην·
νῦν δ›, εἰ δίκαιον τοὺς ἐλευθέρους φρενοῦν
γνώμαισι δούλαις, κἀμὲ χρὴ φράσαι το σον·
πῶς παισὶ μὲν τοσοῖσδε πληθύεις, ἀτὰρ
55 *ἀνδρὸς κατὰ ζήτησιν οὐ πέμπεις τινά,*
μάλιστα δ› ὅνπερ εἰκὸς Ὕλλον, εἰ πατρὸς
νέμοι τιν› ὤραν τοῦ καλῶς πράσσειν δοκεῖν;
ἐγγὺς δ› ὅδ› αὐτὸς ἀρτίπους θρῴσκει δόμοις,
ὥστ› εἴ τί σοι πρὸς καιρὸν ἐννέπειν δοκῶ,
60 *πάρεστι χρῆσθαι τἀνδρὶ τοῖς τ› ἐμοῖς λόγοις.*

30 e Noite afasta o tormento por turno.
Tivemos filhos, que ele só uma vez
qual lavrador ao lavrar terra distante
viu ao semear e outra vez ao colher.
Tal vida a vir para casa e a ir de casa
35 sempre põe o varão a serviço de algo.
Agora que era o termo destas fadigas
neste momento tenho o maior pavor.
Desde quando ele matou o forte Ífito
nós banidos nesta terra dos traquínios
40 habitamos hóspede casa, não se sabe
onde ele está, mas sei que a ausência
dele me empurra para amargas dores.
É quase certo que ele tem algum mal,
pois há não pouco tempo, mas há dez
45 meses mais cinco estamos sem notícia.
É um mal terrível, tal se lê na prancha
que me deu ao partir, impreco sempre
aos Deuses tê-la aceite sem sofrimento.

NUTRIZ

Senhora Dejanira, eu muitas vezes
50 já te vi as pranteadas lamentações
quando deploras a partida de Héracles.
Hoje, se é justo que os livres pensem
nas opiniões de servos, devo te dizer:
como tu sendo provida de tais filhos
55 não envias um à procura do marido,
convindo sobretudo Hilo, se do pai
tem algum cuidado pela reputação?
Perto ele mesmo vem ágil para casa,
se te parece que digo algo oportuno
60 podes usar o varão e meus conselhos.

ΔΗΙΑΝΕΙΡΑ

ὦ τέκνον, ὦ παῖ, κἀξ ἀγεννήτων ἄρα
μῦθοι καλῶς πίπτουσιν· ἥδε γὰρ γυνὴ
δούλη μέν, εἴρηκεν δ› ἐλεύθερον λόγον.

ΥΛΛΟΣ

ποῖον; δίδαξον, μῆτερ, εἰ διδακτά μοι.

ΔΗΙΑΝΕΙΡΑ

65 *σὲ πατρὸς οὕτω δαρὸν ἐξενωμένου*
τὸ μὴ πυθέσθαι ποῦ ‹στιν αἰσχύνην φέρειν.

ΥΛΛΟΣ

ἀλλ› οἶδα, μύθοις γ᾽ εἴ τι πιστεύειν χρεών.

ΔΗΙΑΝΕΙΡΑ

καὶ ποῦ κλύεις νιν, τέκνον, ἱδρῦσθαι χθονός;

ΥΛΛΟΣ

τὸν μὲν παρελθόντ› ἄροτον ἐν μήκει χρόνου
70 *Λυδῇ γυναικί φασί νιν λάτριν πονεῖν.*

ΔΗΙΑΝΕΙΡΑ

πᾶν τοίνυν, εἰ καὶ τοῦτ› ἔτλη, κλύοι τις ἄν.

ΥΛΛΟΣ

ἀλλ› ἐξαφεῖται τοῦδέ γ›, ὡς ἐγὼ κλύω.

ΔΗΙΑΝΕΙΡΑ

ποῦ δῆτα νῦν ζῶν ἢ θανὼν ἀγγέλλεται;

DEJANIRA

Ó filho, ó filho, de gente sem estirpe
vêm boas palavras, pois esta mulher
sendo serva disse fala de alguém livre.

HILO

O quê? Instrui-me, mãe, se de instruir.

DEJANIRA

65 Não investigar onde o pai se hospeda
há tanto tempo fora trazer-te vergonha.

HILO

Mas eu sei, se devo confiar em falas.

DEJANIRA

E ouviste que ele está em que lugar?

HILO

Em pretérita lavra por um longo tempo
70 conta-se que foi servo de mulher lídia.

DEJANIRA

Se até isso ele sofreu, tudo se ouviria.

HILO

Mas livrou-se disso, segundo eu ouvi.

DEJANIRA

Onde hoje vivo ou morto se anuncia?

ΥΛΛΟΣ

Εὐβοΐδα χώραν φασίν, Εὐρύτου πόλιν,
75 *ἐπιστρατεύειν αὐτὸν, ἢ μέλλειν ἔτι.*

ΔΗΙΑΝΕΙΡΑ

ἆρ› οἶσθα δῆτ›, ὦ τέκνον, ὡς ἔλειπέ μοι
μαντεῖα πιστὰ τῆσδε τῆς χρείας πέρι;

ΥΛΛΟΣ

τὰ ποῖα, μῆτερ; τὸν λόγον γὰρ ἀγνοῶ.

ΔΗΙΑΝΕΙΡΑ

ὡς ἢ τελευτὴν τοῦ βίου μέλλει τελεῖν,
80 *ἢ τοῦτον ἄρας ἆθλον εἰς τό γ› ὕστερον*
τὸν λοιπὸν ἤδη βίοτον εὐαίων› ἔχειν.
ἐν οὖν ῥοπῇ τοιᾷδε κειμένῳ, τέκνον,
οὐκ εἶ ξυνέρξων, ἡνίκ› ἢ σεσώσμεθα
[ἢ πίπτομεν σοῦ πατρὸς ἐξολωλότος]
85 *κείνου βίον σώσαντος, ἢ οἰχόμεσθ› ἅμα;*

ΥΛΛΟΣ

ἀλλ› εἶμι, μῆτερ· εἰ δὲ θεσφάτων ἐγὼ
βάξιν κατῄδη τῶνδε, κἂν πάλαι παρῆ.
ἀλλ᾽ ὁ ξυνήθης πότμος οὐκ εἴα πατρὸς
ἡμᾶς προταρβεῖν οὐδὲ δειμαίνειν ἄγαν.
90 *νῦν δ› ὡς ξυνίημ›, οὐδὲν ἐλλείψω τὸ μὴ*
πᾶσαν πυθέσθαι τῶνδ› ἀλήθειαν πέρι.

ΔΗΙΑΝΕΙΡΑ

χώρει νυν, ὦ παῖ· καὶ γὰρ ὑστέρῳ, τό γ› εὖ
πράσσειν, ἐπεὶ πύθοιτο, κέρδος ἐμπολᾷ.

HILO

Conta-se que ele ataca a terra eubeia,
75 a urbe de Êurito, ou ainda vai atacar.

DEJANIRA

Será que sabes, filho, que me legou
vaticínios críveis sobre esse serviço?

HILO

Quais, mãe? Desconheço o assunto.

DEJANIRA

Ou irá completar o término da vida
80 ou, se vencer este certame, poderá
doravante viver bem a restante vida.
Estando ele em tal pendência, filho,
não irás cooperar? Ou somos salvos
[ou caímos, se destruído o teu pai]
85 tendo-se salvado, ou vamos juntos.

HILO

Irei, sim, mãe! Se eu soubesse a voz
desses vaticínios, há muito teria ido.
A sorte habitual do pai não permitia
prévio receio nem demasiado medo.
90 Agora que sei, não negligenciarei
perquirir toda a verdade sobre isso.

DEJANIRA

Vai em frente, filho! Ainda que tarde
saber que ele está bem já é um ganho.

ΧΟΡΟΣ

{STR. 1.} ὅν αἰόλα νὺξ ἐναριζομένα
95 τίκτει κατευνάζει τε φλογιζόμενον,
Ἅλιον Ἅλιον αἰτῶ
τοῦτο, καρῦξαι τὸν Ἀλκμή-
νας· πόθι μοι πόθι μοι
ναίει ποτ›, ὦ λαμπρᾷ στεροπᾷ φλεγέθων;
100 ἢ Ποντίας αὐλῶνας, ἢ
δισσαῖσιν ἀπείροις κλιθείς;
εἴπ›, ὦ κρατιστεύων κατ› ὄμμα.

{ANT. 1.} ποθουμένᾳ γὰρ φρενὶ πυνθάνομαι
τὰν ἀμφινεικῆ Δηιάνειραν ἀεί,
105 οἷά τιν› ἄθλιον ὄρνιν,
οὔποτ› εὐνάζειν ἀδακρύ-
των βλεφάρων πόθον, ἀλλ›
εὔμναστον ἀνδρὸς δεῖμα τρέφουσαν ὁδοῦ
ἐνθυμίοις εὐναῖς ἀναν-
110 δρώτοισι τρύχεσθαι, κακὰν
δύστανον ἐλπίζουσαν αἶσαν.
{STR. 2.} πολλὰ γὰρ ὥστ› ἀκάμαντος
ἢ νότου ἢ βορέα τις
κύματ› <ἄν> εὐρέι πόντῳ
115 βάντ› ἐπιόντα τ› ἴδοι,
οὕτω δὲ τὸν Καδμογενῆ
τρέφει, τὸ δ› αὔξει βιότου
πολύπονον ὥσπερ πέλαγος
Κρήσιον· ἀλλά τις θεῶν
120 αἰὲν ἀναμπλάκητον Ἅι-
δα σφε δόμων ἐρύκει.

PÁRODO (94-140)

CORO

EST 1. A ti Noite cintilante ao morrer
95 gera e adormece ainda que ardas,
ó Sol, ó Sol, suplico-te
digas onde está, onde está
o filho de Alcmena, ó tu
brilhante ofuscante fulgor!
100 Está nos condutos marinhos
ou em qual dos continentes?
Diz, ó prevalente vigilante!

ANT. 1 Sei que de coração ansioso
a cortejada Dejanira sempre
105 tal qual ave sofredora
nunca sem pranto adormece
o anseio dos olhos, porém
no leito com o relembrado
temor da viagem do varão
110 definha aflita sem o varão
à espera de infeliz má sorte.
EST. 2 Muitas ondas tais quais
as de Noto ou de Bóreas
infatigável no vasto mar
115 ver-se-iam indo e vindo,
assim cercam o cadmeu
e crescem muitas fadigas
na vida tal qual é o mar
cretense, mas um Deus
120 sempre infalível o livra
do palácio de Hades.

{ANT. 2.} ὧν ἐπιμεμφομένας ἁ-
δεῖα μέν, ἀντία δ› οἴσω.
φαμὶ γὰρ οὐκ ἀποτρύειν
125 ἐλπίδα τὰν ἀγαθὰν
χρῆναί σ›· ἀνάλγητα γὰρ οὐδ›
ὁ πάντα κραίνων βασιλεὺς
ἐπέβαλε θνατοῖς Κρονίδας·
ἀλλ› ἐπὶ πῆμα καὶ χαρὰν
130 πᾶσι κυκλοῦσιν οἷον ἄρ-
κτου στροφάδες κέλευθοι.

{EP.} μένει γὰρ οὔτ› αἰόλα
νὺξ βροτοῖσιν οὔτε κῆ-
ρες οὔτε πλοῦτος, ἀλλ› ἄφαρ
134 βέβακε, τῷ δ› ἐπέρχεται
χαίρειν τε καὶ στέρεσθαι.
ἃ καὶ σὲ τὰν ἄνασσαν ἐλπίσιν λέγω
τάδ› αἰὲν ἴσχειν· ἐπεὶ τίς ὧδε
140 τέκνοισι Ζῆν› ἄβουλον εἶδεν;

ANT. 2 Assim ao lamentares
sinto, mas contradigo
e digo que não deves
125 perder boa esperança
pois o todo poderoso
rei Crônida não fez
indolores os mortais
mas a dor e a alegria
se revezam em todos
130 tais quais os cursos
circulares da Ursa.

EPODO Não persiste cintilante
Noite para mortais nem
perdas nem posses, mas
134 súbito somem e seguem
o regozijo e o desgosto.
Assim te digo, rainha,
sempre ter esperanças.
Quem viu Zeus tão
140 desatento dos filhos?

ΔΗΙΑΝΕΙΡΑ

πεπυσμένη μέν, ὡς ἀπεικάσαι, πάρει
πάθημα τοὐμόν· ὡς δ› ἐγὼ θυμοφθορῶ
μήτ› ἐκμάθοις παθοῦσα, νῦν δ› ἄπειρος εἶ.
τὸ γὰρ νεάζον ἐν τοιοῖσδε βόσκεται
145 χώροισιν αὑτοῦ, καί νιν οὐ θάλπος θεοῦ,
οὐδ› ὄμβρος, οὐδὲ πνευμάτων οὐδὲν κλονεῖ,
ἀλλ› ἡδοναῖς ἄμοχθον ἐξαίρει βίον
ἐς τοῦθ, ἕως τις ἀντὶ παρθένου γυνὴ
κληθῇ, λάβῃ τ› ἐν νυκτὶ φροντίδων μέρος,
150 ἤτοι πρὸς ἀνδρὸς ἢ τέκνων φοβουμένη.
τότ› ἄν τις εἰσίδοιτο, τὴν αὑτοῦ σκοπῶν
πρᾶξιν, κακοῖσιν οἷς ἐγὼ βαρύνομαι.
πάθη μὲν οὖν δὴ πόλλ› ἔγωγ› ἐκλαυσάμην·
ἓν δ›, οἷον οὔπω πρόσθεν, αὐτίκ› ἐξερῶ.
155 ὁδὸν γὰρ ἦμος τὴν τελευταίαν ἄναξ
ὡρμᾶτ› ἀπ› οἴκων Ἡρακλῆς, τότ› ἐν δόμοις
λείπει παλαιὰν δέλτον ἐγγεγραμμένην
ξυνθήμαθ›, ἁμοὶ πρόσθεν οὐκ ἔτλη ποτέ,
πολλοὺς ἀγῶνας ἐξιών, οὕτω φράσαι,
160 ἀλλ› ὥς τι δράσων εἷρπε κοὐ θανούμενος.
νῦν δ› ὡς ἔτ› οὐκ ὢν εἶπε μὲν λέχους ὅ τι
χρείη μ› ἑλέσθαι κτῆσιν, εἶπε δ› ἣν τέκνοις
μοῖραν πατρῴας γῆς διαίρετον νέμοι,
χρόνον προτάξας ὡς τρίμηνος ἡνίκ᾽ ἂν
165 χώρας ἀπείη κἀνιαύσιος βεβώς,
τότ› ἢ θανεῖν χρείη σφε τῷδε τῷ χρόνῳ,
ἢ τοῦθ› ὑπεκδραμόντα τοῦ χρόνου τέλος
τὸ λοιπὸν ἤδη ζῆν ἀλυπήτῳ βίῳ.

PRIMEIRO EPISÓDIO (141-496)

DEJANIRA

Ciente de minha dor, ao que parece,
estás presente. Como eu me torturo,
não saibas a dor, agora inexperiente!
A juventude, em seu próprio espaço,
145 viceja, não a perturba nem o calor
de Deus, nem chuva, nem os ventos;
aos prazeres sem fadiga incita a vida
até em vez de moça se dizer mulher
e receber à noite sua cota de cuidados
150 cheia de temores por marido ou filhos.
Então entenderia, ao ver por si mesmo
a situação, os males que me oprimem.
Muitas são as dores que eu pranteei,
mas uma, qual não antes, eu já direi:
155 pois na última viagem, quando o rei
Héracles partiu de casa, cá em casa
deixa prístina prancha com inscrição
de sinais. Antes, ao ir a muitas lutas,
não ousou nunca falar assim comigo,
160 porque ia para agir, não para morrer.
Então, como se não mais fosse viver,
disse que posse eu esposa teria e que
partes da terra pátria legaria aos filhos
prefixando o tempo de um ano e três
165 meses de sua ausência após a partida,
quando ou nesse tempo ele morreria
ou, se escapasse, já o tempo restante
viveria doravante a vida sem aflições.

τοιαῦτ› ἔφραζε πρὸς θεῶν εἱμαρμένα
170 τῶν Ἡρακλείων ἐκτελευτᾶσθαι πόνων,
ὡς τὴν παλαιὰν φηγὸν αὐδῆσαί ποτε
Δωδῶνι δισσῶν ἐκ πελειάδων ἔφη.
καὶ τῶνδε ναμέρτεια συμβαίνει χρόνου
τοῦ νῦν παρόντος ὡς τελεσθῆναι χρεών·
175 ὥσθ› ἡδέως εὕδουσαν ἐκπηδᾶν ἐμὲ
φόβῳ, φίλαι, ταρβοῦσαν, εἴ με χρὴ μένειν
πάντων ἀρίστου φωτὸς ἐστερημένην.

ΧΟΡΟΣ

εὐφημίαν νῦν ἴσχ›· ἐπεὶ καταστεφῆ
στείχονθ› ὁρῶ τιν› ἄνδρα πρὸς χάριν λόγων.

ΑΓΓΕΛΟΣ

180 δέσποινα Δῃάνειρα, πρῶτος ἀγγέλων
ὄκνου σε λύσω· τὸν γὰρ Ἀλκμήνης τόκον
καὶ ζῶντ› ἐπίστω καὶ κρατοῦντα κἀκ μάχης
ἄγοντ› ἀπαρχὰς θεοῖσι τοῖς ἐγχωρίοις.

ΔΗΙΑΝΕΙΡΑ

τίν› εἶπας, ὦ γεραιέ, τόνδε μοι λόγον;

ΑΓΓΕΛΟΣ

185 τάχ› ἐς δόμους σοὺς τὸν πολύζηλον πόσιν
ἥξειν, φανέντα σὺν κράτει νικηφόρῳ.

ΔΗΙΑΝΕΙΡΑ

καὶ τοῦ τόδ› ἀστῶν ἢ ξένων μαθὼν λέγεις;

ΑΓΓΕΛΟΣ

ἐν βουθερεῖ λειμῶνι πρὸς πολλοὺς θροεῖ

Disse que assim os Deuses partilham
170 o término dos trabalhos de Héracles,
como disse que o prístino carvalho
em Dodona falara por duas pombas.
A verdade disso ocorre neste tempo
ora presente quando havia de ser,
175 de modo a eu adormecida transir
de pavor, amigos, temendo ficar
viúva do varão mais nobre de todos.

CORO

Tem boa fala, pois vejo um varão
vir coroado ante a graça do relato.

MENSAGEIRO

180 Senhora Dejanira, primeiro mensageiro
livro-te do receio. O filho de Alcmena,
sabe-o tu, vive e vitorioso vem trazendo
da batalha primícias aos Deuses locais.

DEJANIRA

Que palavra, ó velho, aí me disseste?

MENSAGEIRO

185 Logo o muito saudoso marido chegar
em casa surgido com vitorioso poder.

DEJANIRA

Dizes saber de cidadão ou forasteiro?

MENSAGEIRO

No prado estival, ante todos o arauto

Λίχας ὁ κῆρυξ ταῦτα· τοῦ δ› ἐγὼ κλυὼν
190 ἀπῇξ›, ὅπως τοι πρῶτος ἀγγείλας τάδε
πρὸς σοῦ τι κερδάναιμι καὶ κτῴμην χάριν.

ΔΗΙΑΝΕΙΡΑ

αὐτὸς δὲ πῶς ἄπεστιν, εἴπερ εὐτυχεῖ;

ΑΓΓΕΛΟΣ

οὐκ εὐμαρείᾳ χρώμενος πολλῇ, γύναι.
κύκλῳ γὰρ αὐτὸν Μηλιεὺς ἅπας λεὼς
195 κρίνει περιστάς, οὐδ› ἔχει βῆναι πρόσω.
†τὸ γὰρ ποθοῦν† ἕκαστος ἐκμαθεῖν θέλων
οὐκ ἂν μεθεῖτο, πρὶν καθ› ἡδονὴν κλύειν.
οὕτως ἐκεῖνος οὐχ ἑκὼν ἑκουσίοις
ξύνεστιν· ὄψῃ δ› αὐτὸν αὐτίκ› ἐμφανῆ.

ΔΗΙΑΝΕΙΡΑ

200 ὦ Ζεῦ, τὸν Οἴτης ἄτομον ὃς λειμῶν› ἔχεις,
ἔδωκας ἡμῖν ἀλλὰ σὺν χρόνῳ χαράν.
φωνήσατ›, ὦ γυναῖκες, αἵ τ› εἴσω στέγης
αἵ τ› ἐκτὸς αὐλῆς, ὡς ἄελπτον ὄμμ› ἐμοὶ
φήμης ἀνασχὸν τῆσδε νῦν καρπούμεθα.

ΧΟΡΟΣ

205 ἀνολολυξάτω δόμος
ἐφεστίοις ἀλαλαγαῖς
ὁ μελλόνυμφος· ἐν δὲ κοινὸς ἀρσένων
ἴτω κλαγγὰ τὸν εὐφαρέτραν
Ἀπόλλω προστάταν,
210 ὁμοῦ δὲ παιᾶνα παι-
ᾶν› ἀνάγετ›, ὦ παρθένοι,
βοᾶτε τὰν ὁμόσπορον
Ἄρτεμιν Ὀρτυγίαν, ἐλαφαβόλον, ἀμφίπυρον,

Licas o proclama e eu, quando ouvi,
190 disparei para que primeiro te dissesse,
lucrasse algo de ti e obtivesse a graça.

DEJANIRA

E por que não veio, se tem boa sorte?

MENSAGEIRO

Não está sendo muito fácil, mulher!
Ao seu redor todo o povo melieu
195 de pé indaga e não pode avançar.
Cada um quer saber de seu desejo,
não o deixa ir antes de ouvir grato,
assim sem querer com querentes
convive, mas já deveras o verás.

DEJANIRA

200 Ó Zeus, que tens intacto prado eteu,
deste-nos enfim com tempo o júbilo.
Exultai, mulheres, as dentro de casa
e as fora do pátio, que inopina vista
oferecida por esta palavra colhemos!

CORO

205 Que alarideie a casa
seus lareiros alaridos
casadoura! Comum
clamor viril vá a Apolo
defensor de bela aljava!
210 Junto Peã, Peã
entoai, ó virgens,
invocai a consanguínea
Ártemis Ortígia sagitária ignífera

215 γείτονάς τε Νύμφας.
αἴρομαι οὐδ› ἀπώσομαι
τὸν αὐλόν, ὦ τύραννε τᾶς ἐμᾶς φρενός.
ἰδού μ› ἀναταράσσει,
εὐοῖ,
ὁ κισσὸς ἄρτι Βακχίαν
220 ὑποστρέφων ἅμιλλαν.
ἰὼ ἰὼ Παιάν·
ἴδε ἴδ›, ὦ φίλα γύναι·
τάδ› ἀντίπρῳρα δή σοι
βλέπειν πάρεστ› ἐναργῆ.

ΔΗΙΑΝΕΙΡΑ

225 ὁρῶ, φίλαι γυναῖκες, οὐδέ μ› ὄμματος
φρουρὰν παρῆλθε, τόνδε μὴ λεύσσειν στόλον·
χαίρειν δὲ τὸν κήρυκα προὐννέπω, χρόνῳ
πολλῷ φανέντα, χαρτὸν εἴ τι καὶ φέρεις.

ΛΙΧΑΣ

ἀλλ› εὖ μὲν ἵγμεθ›, εὖ δὲ προσφωνούμεθα,
230 γύναι, κατ› ἔργου κτῆσιν· ἄνδρα γὰρ καλῶς
πράσσοντ› ἀνάγκη χρηστὰ κερδαίνειν ἔπη.

ΔΗΙΑΝΕΙΡΑ

ὦ φίλτατ› ἀνδρῶν, πρῶθ› ἃ πρῶτα βούλομαι
δίδαξον, εἰ ζῶνθ› Ἡρακλῆ προσδέξομαι.

ΛΙΧΑΣ

ἔγωγέ τοί σφ› ἔλειπον ἰσχύοντά τε
235 καὶ ζῶντα καὶ θάλλοντα κοὐ νόσῳ βαρύν.

ΔΗΙΑΝΕΙΡΑ

ποῦ γῆς; πατρῴας, εἴτε βαρβάρου, λέγε.

215 e as vizinhas Ninfas!
Ergo-me e não repilo
aulo, rei do meu tino.
Vê que me transtorna
– evoé! –
a hera ora girante
220 na báquica briga!
Iò iò Peã!
Vê, vê, cara mulher,
isto sim podes ver
de frente manifesto.

DEJANIRA
225 Vejo, caras mulheres, não me escapa
aos vígeis olhos ver esta expedição.
Anuncio a saudação ao arauto, vindo
em tardo tempo, se tens algo saudável.

LICAS
Bem viemos para proclamações boas,
230 ó mulher, conforme o feito, pois deve
o varão próspero lucrar boas palavras.

DEJANIRA
Ó caríssimo varão, diz primeiro o que
mais quero: se receberei Héracles vivo.

LICAS
Eu mesmo o deixei quando estava forte,
235 vivo e vigoroso, não opresso de doença.

DEJANIRA
Onde? Diz, se na pátria ou no exterior!

ΛΙΧΑΣ

ἀκτή τις ἔστ› Εὐβοίς, ἔνθ› ὁρίζεται
βωμοὺς τέλη τ› ἔγκαρπα Κηναίῳ Διί.

ΔΗΙΑΝΕΙΡΑ

εὐκταῖα φαίνων, ἢ ‹πὸ μαντείας τινός;

ΛΙΧΑΣ

240 εὐχαῖς, ὅθ› ᾕρει τῶνδ› ἀνάστατον δορὶ
χώραν γυναικῶν ὧν ὁρᾷς ἐν ὄμμασιν.

ΔΗΙΑΝΕΙΡΑ

αὗται δέ, πρὸς θεῶν, τοῦ ποτ› εἰσὶ καὶ τίνες;
οἰκτραὶ γάρ, εἰ μὴ ξυμφοραὶ κλέπτουσί με.

ΛΙΧΑΣ

ταύτας ἐκεῖνος Εὐρύτου πέρσας πόλιν
245 ἐξείλεθ› αὑτῷ κτῆμα καὶ θεοῖς κριτόν.

ΔΗΙΑΝΕΙΡΑ

ἦ κἀπὶ ταύτῃ τῇ πόλει τὸν ἄσκοπον
χρόνον βεβὼς ἦν ἡμερῶν ἀνήριθμον;

ΛΙΧΑΣ

οὔκ, ἀλλὰ τὸν μὲν πλεῖστον ἐν Λυδοῖς χρόνον
κατείχεθ›, ὥς φησ› αὐτός, οὐκ ἐλεύθερος,
250 ἀλλ› ἐμποληθείς· τῷ λόγῳ δ› οὐ χρὴ φθόνον,
γύναι, προσεῖναι, Ζεὺς ὅτου πράκτωρ φανῇ.
κεῖνος δὲ πραθεὶς Ὀμφάλῃ τῇ βαρβάρῳ
ἐνιαυτὸν ἐξέπλησεν, ὡς αὐτὸς λέγει,
χοὔτως ἐδήχθη τοῦτο τοὔνειδος λαβὼν
255 ὥσθ› ὅρκον αὑτῷ προσβαλὼν διώμοσεν

LICAS

Há em Eubeia um cabo onde ele sagra
altares e dons de frutos a Zeus Ceneu.

DEJANIRA

Cumprindo promessa ou algum oráculo?

LICAS

240 Por preces, ao tomar e devastar a terra
destas mulheres que tens ante os olhos.

DEJANIRA

Elas, por Deuses, de quem e quem são?
Míseras, se não me ilude a circunstância!

LICAS

Quando ele devastou a fortaleza de Êurito,
245 escolheu as suas e as primícias dos Deuses.

DEJANIRA

Por causa dessa fortaleza esteve ausente
imprevisível tempo de incontáveis dias?

LICAS

Não, mas por mais tempo esteve na Lídia
retido, como ele mesmo relata, não livre,
250 mas vendido. Não se deve negar o relato,
ó mulher, quando Zeus se mostra o fator.
Ele, tendo sido vendido à bárbara Ônfale,
cumpriu um ano, como ele mesmo relata.
Ficou tão mordido ao receber esse ultraje
255 que se empenhando em juramento jurou

ἦ μὴν τὸν ἀγχιστῆρα τοῦδε τοῦ πάθους
ξὺν παιδὶ καὶ γυναικὶ δουλώσειν ἔτι.
κοὐχ ἡλίωσε τοὔπος, ἀλλ› ὅθ› ἁγνὸς ἦν,
στρατὸν λαβὼν ἐπακτὸν ἔρχεται πόλιν
260 *τὴν Εὐρυτείαν. τόνδε γὰρ μεταίτιον*
μόνον βροτῶν ἔφασκε τοῦδ› εἶναι πάθους·
ὃς αὐτὸν ἐλθόντ› ἐς δόμους ἐφέστιον,
ξένον παλαιὸν ὄντα, πολλὰ μὲν λόγοις
ἐπερρόθησε, πολλὰ δ› ἀτηρᾷ φρενί,
265 *λέγων χεροῖν μὲν ὡς ἄφυκτ› ἔχων βέλη*
τῶν ὧν τέκνων λείποιτο πρὸς τόξου κρίσιν,
†φώνει δὲ, δοῦλος ἀνδρὸς ὡς ἐλευθέρου
ῥαίοιτο·† δείπνοις δ› ἡνίκ› ἦν ᾠνωμένος,
ἔρριψεν ἐκτὸς αὐτόν. ὧν ἔχων χόλον,
270 *ὡς ἵκετ› αὖθις Ἴφιτος Τιρυνθίαν*
πρὸς κλειτὺν, ἵππους νομάδας ἐξιχνοσκοπῶν,
τότ› ἄλλοσ› αὐτὸν ὄμμα, θἠτέρᾳ δὲ νοῦν
ἔχοντ›, ἀπ› ἄκρας ἧκε πυργώδους πλακός.
ἔργου δ› ἕκατι τοῦδε μηνίσας ἄναξ,
275 *ὁ τῶν ἁπάντων Ζεὺς πατὴρ Ὀλύμπιος,*
πρατόν νιν ἐξέπεμψεν, οὐδ› ἠνέσχετο
ὁθούνεκ› αὐτὸν μοῦνον ἀνθρώπων δόλῳ
ἔκτεινεν. εἰ γὰρ ἐμφανῶς ἠμύνατο,
Ζεύς τἂν συνέγνω ξὺν δίκῃ χειρουμένῳ.
280 *ὕβριν γὰρ οὐ στέργουσιν οὐδὲ δαίμονες.*
κεῖνοι δ› ὑπερχλίοντες ἐκ γλώσσης κακῆς
αὐτοὶ μὲν Ἅιδου πάντες εἴσ› οἰκήτορες,
πόλις δὲ δούλη· τάσδε δ› ἅσπερ εἰσορᾷς
ἐξ ὀλβίων ἄζηλον εὑροῦσαι βίον
285 *χωροῦσι πρὸς σέ· ταῦτα γὰρ πόσις τε σὸς*
ἐφεῖτ›, ἐγὼ δὲ, πιστὸς ὢν κείνῳ, τελῶ.
αὐτὸν δ› ἐκεῖνον, εὖτ› ἂν ἁγνὰ θύματα
ῥέξῃ πατρῴῳ Ζηνὶ τῆς ἁλώσεως,

reduzir à servidão quem lhe trouxe essa
dor e junto dele ainda a mulher e o filho.
Não falou em vão, mas sendo purificado
vai com tropa mercenária para a fortaleza
260 de Êurito, a quem acusava de ser o único
responsável por essa dor entre os mortais.
Ele, ao hospedar-se Héracles em sua casa
por ser hóspede antigo, o insultou muitas
vezes com palavras e a intenção errônea
265 dizendo que apesar das flechas infalíveis
seus filhos o venceriam na prova de arco,
e mais: que escravo foi pisado por varão
livre, e ao ficar Héracles ébrio na festa,
empurrou-o para fora. Ressentido disso,
270 Héracles, ao ir Ífito à colina de Tirinto
investigando os rastos de éguas andejas,
quando teve olhos ali e espírito acolá,
ele o arremessou lá do alto da muralha.
Por causa dessa façanha, teve rancor
275 o soberano Zeus Olímpio pai de todos
e expediu-lhe a paga e não suportou
que ele a um único homem por dolo
matasse, pois se o retaliasse às claras
Zeus compreenderia ter feito justiça.
280 Transgressão nem os Numes aprovam.
Aqueles arrogantes de língua maligna
todos eles ora são moradores de Hades
e a urbe, escrava. Estas, que aqui vês,
após prósperas descobrir vida infausta
285 vêm a ti, pois o teu marido as enviou
e eu, por lealdade a ele, assim cumpro.
Ele mesmo, quando sacras oferendas
perfizer a Zeus Pai por esta conquista,

φρόνει νιν ὡς ἥξοντα· τοῦτο γὰρ λόγου
290 πολλοῦ καλῶς λεχθέντος ἥδιστον κλύειν.

ΧΟΡΟΣ

ἄνασσα, νῦν σοι τέρψις ἐμφανὴς κυρεῖ,
τῶν μὲν παρόντων, τὰ δὲ πεπυσμένῃ λόγῳ.

ΔΗΙΑΝΕΙΡΑ

πῶς δ› οὐκ ἐγὼ χαίροιμ› ἄν, ἀνδρὸς εὐτυχῆ
κλύουσα πρᾶξιν τήνδε, πανδίκῳ φρενί;
295 πολλή ‹στ› ἀνάγκη τῇδε τοῦτο συντρέχειν.
ὅμως δ› ἔνεστι τοῖσιν εὖ σκοπουμένοις
ταρβεῖν τὸν εὖ πράσσοντα μὴ σφαλῇ ποτε.
ἐμοὶ γὰρ οἶκτος δεινὸς εἰσέβη, φίλαι,
ταύτας ὁρώσῃ δυσπότμους ἐπὶ ξένης
300 χώρας ἀοίκους ἀπάτοράς τ› ἀλωμένας,
αἳ πρὶν μὲν ἦσαν ἐξ ἐλευθέρων ἴσως
ἀνδρῶν, τανῦν δὲ δοῦλον ἴσχουσιν βίον.
ὦ Ζεῦ τροπαῖε, μή ποτ› εἰσίδοιμί σε
πρὸς τοὐμὸν οὕτω σπέρμα χωρήσαντά ποι,
305 μηδ›, εἴ τι δράσεις, τῆσδέ γε ζώσης ἔτι.
οὕτως ἐγὼ δέδοικα τάσδ› ὁρωμένη.
ὦ δυστάλαινα, τίς ποτ› εἶ νεανίδων;
ἄνανδρος, ἢ τεκνοῦσσα; πρὸς μὲν γὰρ φύσιν
πάντων ἄπειρος τῶνδε, γενναία δέ τις.
310 Λίχα, τίνος ποτ› ἐστὶν ἡ ξένη βροτῶν;
τίς ἡ τεκοῦσα, τίς δ› ὁ φιτύσας πατήρ;
ἔξειπ›· ἐπεί νιν τῶνδε πλεῖστον ᾤκτισα
βλέπουσ›, ὅσῳπερ καὶ φρονεῖν οἶδεν μόνη.

ΛΙΧΑΣ

τί δ› οἶδ› ἐγώ; τί δ› ἄν με καὶ κρίνοις; ἴσως
315 γέννημα τῶν ἐκεῖθεν οὐκ ἐν ὑστάτοις.

podes crer que virá; do longo relato
290 benfeito, eis o mais doce de ouvir.

CORO

Senhora, cabe-te manifesto prazer
destas circunstâncias e deste relato.

DEJANIRA

Como não me alegraria com justiça
ao ouvir a fausta proeza do marido?
295 Muito coercivo convergir isso nisto.
Mas é inerente a bons observadores
temor de que o bem-sucedido tombe.
Terrível compaixão me dá, amigas,
ver estas infelizes em terra estranha
300 sem moradia nem família, errantes,
que antes talvez fossem de pais livres
mas agora suportam a vida escrava.
Ó Zeus Troféu, não veja eu jamais
agires assim contra minha semente
305 mas se o fizeres, não esteja eu viva!
Tal é o meu temor quando as vejo.
Ó infeliz, quem és tu entre as moças?
És inupta, ou és mãe? Pelo aspecto,
inexperiente disso tudo, mas nobre.
310 Licas, quem é, afinal, a forasteira?
Quem é sua mãe, quem é seu pai?
Diz, pois ao vê-la muito me apiedo
porque ela só ainda sabe se portar.

LICAS

Que sei eu? Por que me indagarias?
315 Talvez filha não dos últimos de lá.

ΔΗΙΑΝΕΙΡΑ

μὴ τῶν τυράννων; Εὐρύτου σπορά τις ἦν;

ΛΙΧΑΣ

οὐκ οἶδα· καὶ γὰρ οὐδ› ἀνιστόρουν μακράν.

ΔΗΙΑΝΕΙΡΑ

οὐδ› ὄνομα πρός του τῶν ξυνεμπόρων ἔχεις;

ΛΙΧΑΣ

ἥκιστα· σιγῇ τοὐμὸν ἔργον ἤνυτον.

ΔΗΙΑΝΕΙΡΑ

320 *εἴπ›, ὦ τάλαιν›, ἀλλ› ἡμὶν ἐκ σαυτῆς· ἐπεὶ*
καὶ ξυμφορά τοι μὴ εἰδέναι σέ γ› ἥτις εἶ.

ΛΙΧΑΣ

οὔ τἄρα τῷ γε πρόσθεν οὐδὲν ἐξ ἴσου
χρόνῳ διήσει γλῶσσαν, ἥτις οὐδαμὰ
προὔφηνεν οὔτε μείζον› οὔτ› ἐλάσσονα,
325 *ἀλλ› αἰὲν ὠδίνουσα συμφορᾶς βάρος*
δακρυρροεῖ δύστηνος, ἐξ ὅτου πάτραν
διήνεμον λέλοιπεν. ἡ δέ τοι τύχη
κακὴ μὲν αὐτῇ γ›, ἀλλὰ συγγνώμην ἔχει.

ΔΗΙΑΝΕΙΡΑ

ἡ δ› οὖν ἐάσθω, καὶ πορευέσθω στέγας
330 *οὕτως ὅπως ἥδιστα, μηδὲ πρὸς κακοῖς*
τοῖς οὖσιν ἄλλην πρός γ› ἐμοῦ λύπην λάβῃ·
ἅλις γὰρ ἡ παροῦσα. πρὸς δὲ δώματα
χωρῶμεν ἤδη πάντες, ὡς σύ θ› οἷ θέλεις
σπεύδῃς, ἐγώ τε τἄνδον ἐξαρκῆ τιθῶ.

DEJANIRA

Dos reis? Filha de Êurito talvez?

LICAS

Não sei, e não investiguei muito.

DEJANIRA

Nem pelas parceiras tens o nome?

LICAS

Não, fiz meu trabalho em silêncio.

DEJANIRA

320 Diz-nos tu mesma, ó tu, sofredora,
porque oprime não saber quem és!

LICAS

Ora, certamente que tal qual antes
não dirá uma palavra quem nunca
antes falou nem muito nem pouco
325 mas sofrendo o peso do infortúnio
panteia sempre infausta desde que
partiu da pátria borrascosa. A sorte
ela mesma é cruel, mas traz perdão.

DEJANIRA

Que se permita! Que entre em casa
330 o melhor que possa! Que por mim
não some mais dores a seus males!
Basta a que tem. Entremos já todos
em casa, para que te apresses como
queres e eu ponha a casa em ordem.

ΑΓΓΕΛΟΣ

335 αὐτοῦ γε πρῶτον βαιὸν ἀμμείνασ›, ὅπως
μάθῃς, ἄνευ τῶνδ›, οὕστινάς τ› ἄγεις ἔσω
ὧν τ› οὐδὲν εἰσήκουσας ἐκμάθῃς ἃ δεῖ.
τούτων – ἔχω γὰρ πάντ› – ἐπιστήμων ἐγώ.

ΔΗΙΑΝΕΙΡΑ

τί δ› ἔστι; τοῦ με τήνδ› ἐφίστασαι βάσιν;

ΑΓΓΕΛΟΣ

340 σταθεῖσ› ἄκουσον· καὶ γὰρ οὐδὲ τὸν πάρος
μῦθον μάτην ἤκουσας, οὐδὲ νῦν δοκῶ.

ΔΗΙΑΝΕΙΡΑ

πότερον ἐκείνους δῆτα δεῦρ› αὖθις πάλιν
καλῶμεν, ἢ ‹μοὶ ταῖσδέ τ› ἐξειπεῖν θέλεις;

ΑΓΓΕΛΟΣ

σοὶ ταῖσδέ τ› οὐδὲν εἴργεται, τούτους δ› ἔα.

ΔΗΙΑΝΕΙΡΑ

345 καὶ δὴ βεβᾶσι, χὠ λόγος σημαινέτω.

ΑΓΓΕΛΟΣ

ἀνὴρ ὅδ› οὐδὲν ὧν ἔλεξεν ἀρτίως
φωνεῖ δίκης ἐς ὀρθόν, ἀλλ› ἢ νῦν κακός,
ἢ πρόσθεν οὐ δίκαιος ἄγγελος παρῆν.

ΔΗΙΑΝΕΙΡΑ

τί φής; σαφῶς μοι φράζε πᾶν ὅσον νοεῖς·
350 ἃ μὲν γὰρ ἐξείρηκας ἀγνοίᾳ μ› ἔχει.

MENSAGEIRO

335 Mas antes espera um pouco para
sem eles saberes a quem acolhes
e saibas o devido que não ouviste.
[EASTERING] Disto tenho todo o conhecimento.

DEJANIRA

Que é? Por que me reténs o passo?

MENSAGEIRO

340 Para e ouve, pois nem antes ouviste
vão relato meu nem creio que agora.

DEJANIRA

Outra vez os chamaremos aqui ou
só queres falar comigo e com estas?

MENSAGEIRO

Convosco nada impede, deixa-os ir.

DEJANIRA

345 Já se foram, que se anuncie o relato!

MENSAGEIRO

Este varão em nada do que disse fala
com reta justiça, mas ou agora é mau
ou antes não foi um mensageiro justo.

DEJANIRA

Que dizes? Diz claro tudo o que sabes!
350 Do que disseste a ignorância me tem.

ΑΓΓΕΛΟΣ

τούτου λέγοντος τἀνδρὸς εἰσήκουσ› ἐγώ,
πολλῶν παρόντων μαρτύρων, ὡς τῆς κόρης
ταύτης ἕκατι κεῖνος Εὔρυτόν θ› ἕλοι
τήν θ› ὑψίπυργον Οἰχαλίαν,Ἔρως δέ νιν
355 μόνος θεῶν θέλξειεν αἰχμάσαι τάδε,
οὐ τἀπὶ Λυδοῖς οὐδ› ὑπ› Ὀμφάλῃ πόνων
λατρεύματ›, οὐδ› ὁ ῥιπτὸς Ἰφίτου μόρος·
ὃν νῦν παρώσας οὗτος ἔμπαλιν λέγει.
ἀλλ› ἡνίκ› οὐκ ἔπειθε τὸν φυτοσπόρον
360 τὴν παῖδα δοῦναι, κρύφιον ὡς ἔχοι λέχος,
ἔγκλημα μικρὸν αἰτίαν θ› ἑτοιμάσας,
ἐπιστρατεύει πατρίδα [τὴν ταύτης, ἐν ᾗ
τὸν Εὔρυτον τῶνδ› εἶπε δεσπόζειν θρόνων,
κτείνει τ› ἄνακτα πατέρα] τῆσδε καὶ πόλιν
365 ἔπερσε. καί νῦν, ὡς ὁρᾷς, ἥκει δόμους
ἐς τούσδε πέμπων οὐκ ἀφροντίστως, γύναι,
οὐδ› ὥστε δούλην· μηδὲ προσδόκα τόδε·
οὐδ› εἰκός, εἴπερ ἐντεθέρμανται πόθῳ.
ἔδοξεν οὖν μοι πρὸς σὲ δηλῶσαι τὸ πᾶν,
370 δέσποιν›, ὃ τοῦδε τυγχάνω μαθὼν πάρα.
καὶ ταῦτα πολλοὶ πρὸς μέσῃ Τραχινίων
ἀγορᾷ συνεξήκουον ὡσαύτως ἐμοί,
ὥστ› ἐξελέγχειν· εἰ δὲ μὴ λέγω φίλα,
οὐχ ἥδομαι, τὸ δ› ὀρθὸν ἐξείρηχ› ὅμως.

ΔΗΙΑΝΕΙΡΑ

375 οἴμοι τάλαινα, ποῦ ποτ› εἰμὶ πράγματος;
τίν› εἰσδέδεγμαι πημονὴν ὑπόστεγον
λαθραῖον; ὢ δύστηνος· ἆρ› ἀνώνυμος
πέφυκεν, ὥσπερ οὑπάγων διώμνυτο,
ἡ κάρτα λαμπρὰ καὶ κατ› ὄμμα καὶ φύσιν;

MENSAGEIRO

Eu ouvi esse varão declarar perante
muitas testemunhas que por causa
dessa moça Héracles abateu Êurito
e a bem murada Ecália. Dos Deuses
355 só o Amor o induziu a brandir armas,
não por servir aos lídios ou a Ônfale
nem pela precipitada morte de Ífito.
Agora omite Amor e diz o contrário.
Mas por não persuadir o genitor
360 a lhe dar a filha em secreto leito,
preparou queixa parca e pretexto,
atacou a pátria dessa moça, terra
de que o arauto disse Êurito o rei,
matou o rei seu pai e pilhou a urbe.
365 E agora, como vês, vem para casa
com ela não sem tento, ó mulher,
nem como serva. Isso não esperes!
Não é isso, se ele arde de anseio.
Pareceu-me bem te revelar tudo,
370 senhora, o que soube junto dele.
Muitos traquínios em plena praça
juntos o ouviram assim como eu,
a comprovar. Se não digo o grato,
não me praz; digo, porém, o certo.

DEJANIRA

375 *Oímoi*, mísera! Em que trama estou?
Que moléstia recepcionei sob o teto
furtiva? Ó infeliz! Ora, sem o nome
nasceu, como garantiu o condutor,
ela com brilho nos olhos e no porte?

ΑΓΓΕΛΟΣ

380 πατρὸς μὲν οὖσα γένεσιν Εὐρύτου †ποτὲ†
Ἰόλη ‹καλεῖτο, τῆς ἐκεῖνος οὐδαμὰ
βλάστας ἐφώνει δῆθεν οὐδὲν ἱστορῶν.

ΧΟΡΟΣ

ὄλοιντο μή τι πάντες οἱ κακοί, τὰ δὲ
λαθραῖ› ὃς ἀσκεῖ μὴ πρέπονθ› αὑτῷ κακά.

ΔΗΙΑΝΕΙΡΑ

385 τί χρὴ ποεῖν, γυναῖκες; ὡς ἐγὼ λόγοις
τοῖς νῦν παροῦσιν ἐκπεπληγμένη κυρῶ.

ΧΟΡΟΣ

πεύθου μολοῦσα τἀνδρός, ὡς τάχ› ἂν σαφῆ
λέξειεν, εἴ νιν πρὸς βίαν κρίνειν θέλοις.

ΔΗΙΑΝΕΙΡΑ

ἀλλ› εἶμι· καὶ γὰρ οὐκ ἀπὸ γνώμης λέγεις.

ΑΓΓΕΛΟΣ

390 ἡμεῖς δὲ προσμένωμεν; ἢ τί χρὴ ποεῖν;

ΔΗΙΑΝΕΙΡΑ

μίμν›, ὡς ὅδ› ἀνὴρ οὐκ ἐμῶν ὑπ› ἀγγέλων
ἀλλ› αὐτόκλητος ἐκ δόμων πορεύεται.

ΛΙΧΑΣ

τί χρή, γύναι, μολόντα μ› Ἡρακλεῖ λέγειν;
δίδαξον, ὡς ἕρποντος, εἰσορᾷς, ἐμοῦ.

ΔΗΙΑΝΕΙΡΑ

395 ὡς ἐκ ταχείας σὺν χρόνῳ βραδεῖ μολὼν
ᾄσσεις, πρὶν ἡμᾶς κἀννεώσασθαι λόγους.

MENSAGEIRO

380 Sendo filha do pai Êurito, outrora
Íole se chamava, de sua linhagem
ele nada falou por não investigar.

CORO

Perecessem, senão todos os maus,
quem faz furtivos males descabidos!

DEJANIRA

385 Que devo fazer, mulheres? Com as
presentes palavras estou perplexa!

CORO

Vai e indaga o varão! Talvez te fale
a verdade, se quisesses pressioná-lo.

DEJANIRA

Irei, pois não sem razão aconselhas.

MENSAGEIRO

390 Devo esperar? O que devo fazer?

DEJANIRA

Espera, eis que sem ser chamado
por meus núncios ele sai de casa.

LICAS

Mulher, indo lá, que direi a Héracles?
Instrui-me, pois vou, como vês.

DEJANIRA

395 Tão rápido te vais, vindo tão tarde,
antes de retomarmos nossa conversa.

ΛΙΧΑΣ

ἀλλ› εἴ τι χρῄζεις ἱστορεῖν, πάρειμ› ἐγώ.

ΔΗΙΑΝΕΙΡΑ

ἦ καὶ τὸ πιστὸν τῆς ἀληθείας νεμεῖς;

ΛΙΧΑΣ

ἴστω μέγας Ζεύς, ὧν γ› ἂν ἐξειδὼς κυρῶ.

ΔΗΙΑΝΕΙΡΑ

400 *τίς ἡ γυνὴ δῆτ› ἐστὶν ἣν ἥκεις ἄγων;*

ΛΙΧΑΣ

Εὐβοιίς· ὧν δ› ἔβλαστεν οὐκ ἔχω λέγειν.

ΑΓΓΕΛΟΣ

οὗτος, βλέφ› ὧδε. πρὸς τίν› ἐννέπειν δοκεῖς;

ΛΙΧΑΣ

σὺ δ› ἐς τί δή με τοῦτ› ἐρωτήσας ἔχεις;

ΑΓΓΕΛΟΣ

τόλμησον εἰπεῖν, εἰ φρονεῖς, ὅ σ› ἱστορῶ.

ΛΙΧΑΣ

405 *πρὸς τὴν κρατοῦσαν Δῃάνειραν, Οἰνέως*
κόρην, δάμαρτά θ› Ἡρακλέους, εἰ μὴ κυρῶ
λεύσσων μάταια, δεσπότιν τε τὴν ἐμήν.

ΑΓΓΕΛΟΣ

τοῦτ› αὔτ› ἔχρῃζον, τοῦτό σου μαθεῖν. λέγεις
δέσποιναν εἶναι τήνδε σήν;

ΛΙΧΑΣ

δίκαια γάρ.

LICAS

Mas se queres saber algo, estou aqui.

DEJANIRA

E tu me darás a garantia da verdade?

LICAS

Do que souber. Saiba o grande Zeus!

DEJANIRA

400 Quem é a mulher que vieste trazer?

LICAS

É eubeia. Seus pais não posso dizer.

MENSAGEIRO

Olha tu! Crês que falas com quem?

LICAS

Tu por que me fazes essa pergunta?

MENSAGEIRO

Fala, se tens juízo, o que pergunto!

LICAS

405 Falo com a rainha Dejanira, filha
de Eneu, esposa de Héracles, se
não vejo em vão, e minha senhora.

MENSAGEIRO

Isso mesmo eu queria saber de ti:
dizes ser esta tua senhora?

LICAS

Justo!

ΑΓΓΕΛΟΣ

410 *τί δῆτα; ποίαν ἀξιοῖς δοῦναι δίκην,*
ἢν εὑρεθῇς ἐς τήνδε μὴ δίκαιος ὤν;

ΛΙΧΑΣ

πῶς μὴ δίκαιος; τί ποτε ποικίλας ἔχεις;

ΑΓΓΕΛΟΣ

οὐδέν· σὺ μέντοι κάρτα τοῦτο δρῶν κυρεῖς.

ΛΙΧΑΣ

ἄπειμι· μῶρος δ› ἦ πάλαι κλύων σέθεν.

ΑΓΓΕΛΟΣ

415 *οὔ, πρίν γ› ἂν εἴπῃς ἱστορούμενος βραχύ.*

ΛΙΧΑΣ

λέγ› εἴ τι χρῄζεις· καὶ γὰρ οὐ σιγηλὸς εἶ.

ΑΓΓΕΛΟΣ

τὴν αἰχμάλωτον, ἣν ἔπεμψας ἐς δόμους,
κάτοισθα δήπου;

ΛΙΧΑΣ

φημί· πρὸς τί δ› ἱστορεῖς;

ΑΓΓΕΛΟΣ

οὔκουν σὺ ταύτην, ἣν ὑπ› ἀγνοίας ὁρᾷς,
420 *Ἰόλην ἔφασκες Εὐρύτου σπορὰν ἄγειν;*

ΛΙΧΑΣ

ποίοις ἐν ἀνθρώποισι; τίς πόθεν μολὼν
σοὶ μαρτυρήσει ταῦτ› ἐμοῦ κλύειν παρών;

MENSAGEIRO

410 Então? Que punição deves receber,
se te mostras não ser justo com ela?

LICAS

Como não justo? Que ardil tens aí?

MENSAGEIRO

Nenhum. Mas assim é que ages tu.

LICAS

Já me vou. Fui tolo por te ouvir tanto.

MENSAGEIRO

415 Não, antes que fales de breve questão.

LICAS

Diz, se queres, pois não és silencioso!

MENSAGEIRO

Conheces a cativa, que trouxeste para
casa, não é?

LICAS

Sim, por que perguntas?

MENSAGEIRO

Não dizias conduzir a semente de Êurito
420 Íole, essa que ora olhas com ignorância?

LICAS

Dizia a quem? Quem virá de onde para
o testemunho de que ouviu isso de mim?

ΑΓΓΕΛΟΣ

πολλοῖσιν ἀστῶν· ἐν μέσῃ Τραχινίων
ἀγορᾷ πολύς σου ταῦτά γ› εἰσήκουσ› ὄχλος.

ΛΙΧΑΣ

ναί·
425 κλύειν γ› ἔφασκον. ταὐτὸ δ› οὐχὶ γίγνεται
δόκησιν εἰπεῖν κἀξακριβῶσαι λόγον.

ΑΓΓΕΛΟΣ

ποίαν δόκησιν; οὐκ ἐπώμοτος λέγων
δάμαρτ› ἔφασκες Ἡρακλεῖ ταύτην ἄγειν;

ΛΙΧΑΣ

ἐγὼ δάμαρτα; πρὸς θεῶν, φράσον, φίλη
430 δέσποινα, τόνδε τίς ποτ› ἐστὶν ὁ ξένος.

ΑΓΓΕΛΟΣ

ὅς σοῦ παρὼν ἤκουσεν ὡς ταύτης πόθῳ
πόλις δαμείη πᾶσα, κοὐχ ἡ Λυδία
πέρσειεν αὐτήν, ἀλλ› ὁ τῆσδ› ἔρως φανείς.

ΛΙΧΑΣ

Ἅἄνθρωπος, ὦ δέσποιν›, ἀποστήτω· τὸ γὰρ
435 νοσοῦντι ληρεῖν ἀνδρὸς οὐχὶ σώφρονος.

ΔΗΙΑΝΕΙΡΑ

μή, πρός σε τοῦ κατ› ἄκρον Οἰταῖον νάπος
Διὸς καταστράπτοντος, ἐκκλέψῃς λόγον.
οὐ γὰρ γυναικὶ τοὺς λόγους ἐρεῖς κακῇ,
οὐδ› ἥτις οὐ κάτοιδε τἀνθρώπων, ὅτι
440 χαίρειν πέφυκεν οὐχὶ τοῖς αὐτοῖς ἀεί.

MENSAGEIRO

Ante muitos cidadãos. Em plena praça
traquínia, vasta turba ouviu isso de ti.

LICAS

Sim,
425 disse que ouvi. Não vem a ser o mesmo
dar a opinião e anunciar com exatidão.

MENSAGEIRO

Que opinião? Falando sob juramento
não disseste levar a esposa a Héracles?

LICAS

Eu, esposa? Por Deuses, diz-me, cara
430 senhora, quem afinal é esse forasteiro?

MENSAGEIRO

Quem presente ouviu de ti que a urbe
toda caiu por amor desta, não a lídia
a destruiu, mas o amor desta surgido.

LICAS

Que esse homem se retire, ó senhora!
435 Não é prudente tagarelar com insano.

DEJANIRA

Por Zeus fulgente nos cimos do Eta,
peço-te que não me escondas o relato,
pois não farás relato a mulher inepta
nem a quem ignore que o ser humano
440 não é de se prazer sempre do mesmo.

Ἔρωτι μέν νυν ὅστις ἀντανίσταται
πύκτης ὅπως ἐς χεῖρας, οὐ καλῶς φρονεῖ.
οὗτος γὰρ ἄρχει καὶ θεῶν ὅπως θέλει,
κἀμοῦ γε· πῶς δ› οὐ χἀτέρας οἵας γ› ἐμοῦ;
445 *ὥστ› εἴ τι τὠμῷ τ› ἀνδρὶ τῇδε τῇ νόσῳ*
ληφθέντι μεμπτός εἰμι, κάρτα μαίνομαι,
ἢ τῇδε τῇ γυναικί, τῇ μεταιτίᾳ
τοῦ μηδὲν αἰσχροῦ μηδ› ἐμοὶ κακοῦ τινος.
οὐκ ἔστι ταῦτ›. ἀλλ› εἰ μὲν ἐκ κείνου μαθὼν
450 *ψεύδῃ, μάθησιν οὐ καλὴν ἐκμανθάνεις·*
εἰ δ› αὐτὸς αὑτὸν ὧδε παιδεύεις, ὅταν
θέλῃς γενέσθαι χρηστός, ὀφθήσῃ κακός.
ἀλλ› εἰπὲ πᾶν τἀληθές· ὡς ἐλευθέρῳ
ψευδεῖ καλεῖσθαι κὴρ πρόσεστιν οὐ καλή.
455 *ὅπως δὲ λήσεις, οὐδὲ τοῦτο γίγνεται·*
πολλοὶ γάρ, οἷς εἴρηκας, οἳ φράσουσ› ἐμοί.
κεἰ μὲν δέδοικας, οὐ καλῶς ταρβεῖς, ἐπεὶ
τὸ μὴ πυθέσθαι, τοῦτό μ› ἀλγύνειεν ἄν·
τὸ δ› εἰδέναι τί δεινόν; οὐχὶ χἀτέρας
460 *πλείστας ἀνὴρ εἷς Ἡρακλῆς ἔγημε δή;*
κοὔπω τις αὐτῶν ἔκ γ› ἐμοῦ λόγον κακὸν
ἠνέγκατ› οὐδ› ὄνειδος· ἥδε τ› οὐδ› ἂν εἰ
κάρτ› ἐντακείη τῷ φιλεῖν, ἐπεί σφ› ἐγὼ
ᾤκτιρα δὴ μάλιστα προσβλέψασ›, ὅτι
465 *τὸ κάλλος αὐτῆς τὸν βίον διώλεσεν,*
καὶ γῆν πατρῴαν οὐχ ἑκοῦσα δύσμορος
ἔπερσε κἀδούλωσεν. ἀλλὰ ταῦτα μὲν
ῥείτω κατ› οὖρον· σοὶ δ› ἐγὼ φράζω κακὸν
πρὸς ἄλλον εἶναι, πρὸς δ› ἔμ› ἀψευδεῖν ἀεί.

ΧΟΡΟΣ

470 *πείθου λεγούσῃ χρηστά, κοὐ μέμψῃ χρόνῳ*
γυναικὶ τῇδε, κἀπ› ἐμοῦ κτήσῃ χάριν.

Quem se contrapõe ao Amor em vias
de fato qual pugilista não pensa bem,
ele a seu bel-prazer domina os Deuses
e a mim. Como não outra igual a mim?
445 Assim sendo, se vitupero meu marido
tomado desse distúrbio, estou louca,
ou se vitupero essa mulher, causa de
nenhum vexame, nenhum mal a mim.
Não é isso. Mas se instruído por ele
450 és falso, não recebes bela instrução.
Se tu mesmo assim te instruis, quando
queres ser dito útil, serás visto vil.
Mas diz-me toda a verdade, ao livre
não cai bem ser chamado mentiroso.
455 Não há como dissimulares, não há,
muitos aos quais disseste me dirão.
Se temes, não está bem teu temor,
porque não saber sim me afligiria.
Por que saber é terrível? Não teve
460 só o varão Héracles muitas outras?
Nenhuma ouviu de mim vitupério
nem afronta. Nem essa, ainda que
se fundisse em amor, uma vez que
ao vê-la muito me compadeci de
465 que a beleza lhe destruísse a vida,
e infausta invita devastasse a pátria
e avassalasse. Mas que isso se vá
ao vento! A ti te digo: ainda que
vil a outrem, sê sempre leal a mim!

CORO

470 Ouve o bom conselho, não terás
queixa desta mulher e serei grata.

ΛΙΧΑΣ

ἀλλ›, ὦ φίλη δέσποιν›, ἐπεί σε μανθάνω
θνητὴν φρονοῦσαν θνητὰ κοὐκ ἀγνώμονα,
πᾶν σοι φράσω τἀληθὲς οὐδὲ κρύψομαι.
475 ἔστιν γὰρ οὕτως ὥσπερ οὗτος ἐννέπει.
ταύτης ὁ δεινὸς ἵμερός ποθ› Ἡρακλῆ
διῆλθε, καὶ τῆσδ› οὕνεχ› ἡ πολύφθορος
καθῃρέθη πατρῴος Οἰχαλία δορί.
καὶ ταῦτα, δεῖ γὰρ καὶ τὸ πρὸς κείνου λέγειν,
480 οὔτ› εἶπε κρύπτειν οὔτ› ἀπηρνήθη ποτέ,
ἀλλ› αὐτός, ὦ δέσποινα, δειμαίνων τὸ σὸν
μὴ στέρνον ἀλγύνοιμι τοῖσδε τοῖς λόγοις,
ἥμαρτον, εἴ τι τῶνδ› ἁμαρτίαν νέμεις.
ἐπεί γε μὲν δὴ πάντ› ἐπίστασαι λόγον,
485 κείνου τε καὶ σὴν ἐξ ἴσου κοινὴν χάριν,
καὶ στέργε τὴν γυναῖκα καὶ βούλου λόγους
οὓς εἶπας ἐς τήνδ› ἐμπέδως εἰρηκέναι.
ὡς τἄλλ› ἐκεῖνος πάντ› ἀριστεύων χεροῖν
τοῦ τῆσδ› ἔρωτος εἰς ἅπανθ› ἥσσων ἔφυ.

ΔΗΙΑΝΕΙΡΑ

490 ἀλλ› ὧδε καὶ φρονοῦμεν ὥστε ταῦτα δρᾶν,
κοὔτοι νόσον γ› ἐπακτὸν ἐξαρούμεθα,
θεοῖσι δυσμαχοῦντες. ἀλλ› εἴσω στέγης
χωρῶμεν, ὡς λόγων τ› ἐπιστολὰς φέρῃς,
ἅ τ› ἀντὶ δώρων δῶρα χρὴ προσαρμόσαι,
495 καὶ ταῦτ› ἄγῃς. κενὸν γὰρ οὐ δίκαιά σε
χωρεῖν προσελθόνθ› ὧδε σὺν πολλῷ στόλῳ.

LICAS

Ó cara senhora, quando observo
que mortal pensas como mortal
e não o ignoras, toda a verdade
475 te direi sem omissão. É tal qual
ele diz, o terrível desejo por ela
varou Héracles e por ela a pátria
Ecália caiu sob lança em ruínas.
Isso, devo dizê-lo em seu favor,
480 não mandou ocultar nem negou,
mas eu mesmo, ó senhora, por
temor de magoá-la com o relato,
cometi o erro, se consideras erro.
Quando conheces todo o relato
485 por sua e tua igual graça comum
aceita a mulher e mantém dito
firme o que disseste sobre ela.
Ele vence tudo o mais no braço
mas é vencido no amor por ela.

DEJANIRA

490 Assim mesmo pensamos fazer,
não compraremos esse distúrbio
de combater os Deuses. Vamos
para casa, para teres instruções
e dons que reciproquem os dons,
495 para levar. Não é justo que voltes
vazio, tendo vindo com tal séquito.

ΧΟΡΟΣ

{STR.} Μέγα τι σθένος ἁ Κύπρις· ἐκφέρεται νίκας ἀεί.
καὶ τὰ μὲν θεῶν
500 παρέβαν, καὶ ὅπως Κρονίδαν ἀπάτασεν οὐ λέγω
οὐδὲ τὸν ἔννυχον Ἅιδαν,
ἢ Ποσειδάωνα τινάκτορα γαίας·
ἀλλ› ἐπὶ τάνδ› ἄρ› ἄκοιτιν
<τίνες> ἀμφίγυοι κατέβαν πρὸ γάμων;
505 τίνες πάμπληκτα παγκόνιτά τ› ἐξ-
ῆλθον ἄεθλ› ἀγώνων;

{ANT.} ὁ μὲν ἦν ποταμοῦ σθένος, ὑψίκερω τετραόρου
φάσμα ταύρου,
510 Ἀχελῷος ἀπ› Οἰνιαδᾶν, ὁ δὲ Βακχίας ἄπο
ἦλθε παλίντονα Θήβας
τόξα καὶ λόγχας ῥόπαλόν τε τινάσσων,
παῖς Διός· οἳ τότ› ἀολλεῖς
ἴσαν ἐς μέσον ἱέμενοι λεχέων·
515 μόνα δ› εὔλεκτρος ἐν μέσῳ Κύπρις
ῥαβδονόμει ξυνοῦσα.

{EPOD.} τότ› ἦν χερός, ἦν δὲ τό-
ξων πάταγος,
ταυρείων τ› ἀνάμιγδα κεράτων·
520 ἦν δ› ἀμφίπλεκτοι κλίμακες, ἦν δὲ μετώ-
πων ὀλόεντα
πλήγματα καὶ στόνος ἀμφοῖν.
ἁ δ› εὐῶπις ἁβρὰ
τηλαυγεῖ παρ› ὄχθῳ

PRIMEIRO ESTÁSIMO (497-530)

CORO

EST. Grande poder, Cípris tem vitória sempre.
O que se diz dos Deuses
500 omito. Como iludiu o Crônida não digo,
nem o noturno Hades,
nem Posídon abalador da terra.
Mas por esta esposa
que rivais lutaram por núpcias?
505 Quem foi à competição cheia de golpe
e de pó dos combates?

ANT. Um o poderoso rio cornudo quadrúpede
em forma de touro
510 Aqueloo de Eníadas, o outro da báquica
Tebas veio brandindo
arco tenso, espadas e clava,
filho de Zeus. Atracados
eles lutavam ávidos de núpcias.
515 Só a nupcial Cípris presente no meio
arbitrava os combates.

EPODO Era fragor de braço,
era fragor de aljava
junto a cornos de touro.
520 Era entrelaçado o embate,
era golpe letal
de testas e grita de ambos.
Ela bela e formosa
na colina longe visível

525 *ἧστο τὸν ὃν προσμένουσ› ἀκοίταν.*
†ἐγὼ δὲ μάτηρ μὲν οἷα φράζω·†
τὸ δ› ἀμφινείκητον ὄμμα νύμφας
ἐλεινὸν ἀμμένει <τέλος>·
κἀπὸ ματρὸς ἄφαρ βέβαχ›,
530 *ὥστε πόρτις ἐρήμα.*

525 sentada esperava o esposo.
Eu tal qual mãe reporto,
cobiçada a bela noiva
mísera aguarda o termo
e da mãe se foi súbito
530 qual novilha a sós.

ΔΗΙΑΝΕΙΡΑ

ἦμος, φίλαι, κατ› οἶκον ὁ ξένος θροεῖ
ταῖς αἰχμαλώτοις παισὶν ὡς ἐπ› ἐξόδῳ,
τῆμος θυραῖος ἦλθον ὡς ὑμᾶς λάθρᾳ,
τὰ μὲν φράσουσα χερσὶν ἀτεχνησάμην,
535 τὰ δ› οἷα πάσχω συγκατοικτιουμένη.
κόρην γάρ, οἶμαι δ› οὐκέτ›, ἀλλ› ἐζευγμένην,
παρεσδέδεγμαι, φόρτον ὥστε ναυτίλος,
λωβητὸν ἐμπόλημα τῆς ἐμῆς φρενός.
καὶ νῦν δύ› οὖσαι μίμνομεν μιᾶς ὑπὸ
540 χλαίνης ὑπαγκάλισμα. τοιάδ› Ἡρακλῆς,
ὁ πιστὸς ἡμῖν κἀγαθὸς καλούμενος,
οἰκούρι› ἀντέπεμψε τοῦ μακροῦ χρόνου.
ἐγὼ δὲ θυμοῦσθαι μὲν οὐκ ἐπίσταμαι
νοσοῦντι κείνῳ πολλὰ τῇδε τῇ νόσῳ,
545 τὸ δ› αὖ ξυνοικεῖν τῇδ› ὁμοῦ τίς ἂν γυνὴ
δύναιτο, κοινωνοῦσα τῶν αὐτῶν γάμων;
ὁρῶ γὰρ ἥβην τὴν μὲν ἕρπουσαν πρόσω,
τὴν δὲ φθίνουσαν· ὧν <δ'> ἀφαρπάζειν φιλεῖ
ὀφθαλμὸς ἄνθος, τῶνδ› ὑπεκτρέπει πόδα.
550 ταῦτ› οὖν φοβοῦμαι μὴ πόσις μὲν Ἡρακλῆς
ἐμὸς καλῆται, τῆς νεωτέρας δ› ἀνήρ.
ἀλλ› οὐ γάρ, ὥσπερ εἶπον, ὀργαίνειν καλὸν
γυναῖκα νοῦν ἔχουσαν· ᾗ δ› ἔχω, φίλαι,
λυτήριον λύπημα, τῇδ› ὑμῖν φράσω.
555 ἦν μοι παλαιὸν δῶρον ἀρχαίου ποτὲ
θηρός, λέβητι χαλκέῳ κεκρυμμένον,
ὃ παῖς ἔτ› οὖσα τοῦ δασυστέρνου παρὰ
Νέσσου φθίνοντος ἐκ φονῶν ἀνειλόμην,

SEGUNDO EPISÓDIO (531-632)

DEJANIRA

Amigas, enquanto em casa o hóspede
fala às jovens cativas antes de sair,
venho às ocultas à porta junto a vós
para vos revelar o que já manipulei
535 e para lastimar convosco o que sofro.
Não mais virgem mas cônjuge, creio,
recebi em casa, qual marujo o fardo,
mercadoria ruinosa ao meu coração.
Agora somos duas a esperar sob só
540 uma coberta o mesmo abraço. Assim
Héracles dito leal e bom me retribui
o longo tempo de cuidado da casa.
Eu não sei me enfurecer com ele
turvo muitas vezes deste distúrbio,
545 mas coabitar com ela, que esposa
poderia, com um mesmo conúbio?
Vejo a juventude, que vai adiante,
e a minguante. De uma o olho ama
colher a flor, de outra arreda o pé.
550 Por isso temo que Héracles se diga
esposo meu e varão da mais nova.
Mas, como falei, não é belo irar-se
a mulher prudente. Que meio tenho,
amigas, de me livrar eu vos direi.
555 Eu tinha a velha dádiva do antigo
bicho guardada em vaso de bronze,
que ainda moça recolhi do sangue
do peludo peito de Nesso à morte.

ὅς τὸν βαθύρρουν ποταμὸν Εὔηνον βροτοὺς
560 *μισθοῦ 'πόρευε χερσίν, οὔτε πομπίμοις*
κώπαις ἐρέσσων οὔτε λαίφεσιν νεώς.
ὅς κἀμέ, τὸν πατρῷον ἡνίκα στόλον
ξὺν Ἡρακλεῖ τὸ πρῶτον εὖνις ἑσπόμην,
φέρων ἐπ› ὤμοις, ἡνίκ› ἦ 'ν μέσῳ πόρῳ,
565 *ψαύει ματαίαις χερσίν· ἐκ δ› ἤυσ› ἐγώ,*
χὠ Ζηνὸς εὐθὺς παῖς ἐπιστρέψας χεροῖν
ἧκεν κομήτην ἰόν· ἐς δὲ πλεύμονας
στέρνων διερροίζησεν. ἐκθνῄσκων δ› ὁ θὴρ
τοσοῦτον εἶπε· «παῖ γέροντος Οἰνέως,
570 *τοσόνδ› ὀνήσῃ τῶν ἐμῶν, ἐὰν πίθῃ,*
πορθμῶν, ὁθούνεχ› ὑστάτην σ› ἔπεμψ› ἐγώ·
ἐὰν γὰρ ἀμφίθρεπτον αἷμα τῶν ἐμῶν
σφαγῶν ἐνέγκῃ χερσὶν, ᾗ μελαγχόλους
ἔβαψεν ἰὸς θρέμμα Λερναίας ὕδρας,
575 *ἔσται φρενός σοι τοῦτο κηλητήριον*
τῆς Ἡρακλείας, ὥστε μήτιν› εἰσιδὼν
στέρξει γυναῖκα κεῖνος ἀντὶ σοῦ πλέον.»
τοῦτ› ἐννοήσασ›, ὦ φίλαι, δόμοις γὰρ ἦν
κείνου θανόντος ἐγκεκλῃμένον καλῶς,
580 *χιτῶνα τόνδ› ἔβαψα, προσβαλοῦσ› ὅσα*
ζῶν κεῖνος εἶπε· καὶ πεπείρανται τάδε.
κακὰς δὲ τόλμας μήτ› ἐπισταίμην ἐγὼ
μήτ› ἐκμάθοιμι, τάς τε τολμώσας στυγῶ.
φίλτροις δ› ἐάν πως τήνδ› ὑπερβαλώμεθα
585 *τὴν παῖδα καὶ θέλκτροισι τοῖς ἐφ› Ἡρακλεῖ,*
μεμηχάνηται τοὔργον, εἴ τι μὴ δοκῶ
πράσσειν μάταιον· εἰ δὲ μή, πεπαύσομαι.

ΧΟΡΟΣ

ἀλλ› εἴ τις ἐστὶ πίστις ἐν τοῖς δρωμένοις,
δοκεῖς παρ› ἡμῖν οὐ βεβουλεῦσθαι κακῶς.

Ele transpunha mortais nos braços
560 além do fundo rio Eveno por soldo
sem ágeis remos nem velas navais.
Ele, a mim dada por meu pai esposa
de Héracles, levando-me nos ombros,
quando estava no meio da travessia,
565 toca-me com mãos lascivas e gritei,
o filho de Zeus já se volta e dispara
das mãos alada flecha que sibilante
através do peito atinge os pulmões.
Ao morrer, o bicho disse: "ó filha
570 do velho Eneu, se confiares, terás
bens do transporte por seres a última
transportada: se coletares o cruor
de minha chaga onde mergulhou
negra seta cria da Hidra de Lerna,
575 terás a magia do coração de Héracles
de modo a ele não mais querer
nenhuma mulher em vez de ti".
Pensei nisso, amigas, em casa
bem guardado após ele morrer,
580 embebi esta túnica com o quanto
ele em vida disse e isto está feito.
Vis audácias eu não as conheça
nem aprenda, as audazes odeio.
Se superarmos esta jovem junto
585 a Héracles com filtros e feitiços,
está feita a trama, se não pareço
agir mal. Caso contrário, paro.

CORO

Mas se há garantia no que fazes,
tua decisão não nos parece má.

ΔΗΙΑΝΕΙΡΑ

590 οὕτως ἔχει γ› ἡ πίστις, ὡς τὸ μὲν δοκεῖν
ἔνεστι, πείρᾳ δ› οὐ προσωμίλησά πω.

ΧΟΡΟΣ

ἀλλ› εἰδέναι χρὴ δρῶσαν· ὡς οὐδ› εἰ δοκεῖς
ἔχειν, ἔχοις ἂν γνῶμα, μὴ πειρωμένη.

ΔΗΙΑΝΕΙΡΑ

ἀλλ› αὐτίκ› εἰσόμεσθα· τόνδε γὰρ βλέπω
595 θυραῖον ἤδη· διὰ τάχους δ› ἐλεύσεται.
μόνον παρ› ὑμῶν εὖ στεγοίμεθ›· ὡς σκότῳ
κἂν αἰσχρὰ πράσσῃς, οὔποτ› αἰσχύνῃ πεσῇ.

ΛΙΧΑΣ

τί χρὴ ποεῖν; σήμαινε, τέκνον Οἰνέως·
ὡς ἐσμὲν ἤδη τῷ μακρῷ χρόνῳ βραδεῖς.

ΔΗΙΑΝΕΙΡΑ

600 ἀλλ› αὐτὰ δή σοι ταῦτα καὶ πράσσω, Λίχα,
ἕως σὺ ταῖς ἔσωθεν ἠγορῶ ξέναις,
ὅπως φέρῃς μοι τόνδε ταναϋφῆ πέπλον,
δώρημ› ἐκείνῳ τἀνδρὶ τῆς ἐμῆς χερός.
διδοὺς δὲ τόνδε φράζ› ὅπως μηδεὶς βροτῶν
605 κείνου πάροιθεν ἀμφιδύσεται χροΐ,
μηδ› ὄψεταί νιν μήτε φέγγος ἡλίου
μήθ› ἕρκος ἱερὸν μήτ› ἐφέστιον σέλας,
πρὶν κεῖνος αὐτὸν φανερὸς ἐμφανῶς σταθεὶς
δείξῃ θεοῖσιν ἡμέρᾳ ταυροσφάγῳ.
610 οὕτω γὰρ ηὔγμην, εἴ ποτ› αὐτὸν ἐς δόμους
ἴδοιμι σωθέντ› ἢ κλύοιμι, πανδίκως,
στελεῖν χιτῶνι τῷδε, καὶ φανεῖν θεοῖς
θυτῆρα καινῷ καινὸν ἐν πεπλώματι.

DEJANIRA

590 A garantia consiste em parecer
possível, ainda não tive a prova.

CORO

Hás de saber ao agir; nem se crês
saber, saberias sem comprovação.

DEJANIRA

Logo saberemos, pois já o vejo
595 à porta. A toda a pressa partirá.
Bem nos acobertai vós, nas trevas
nem por agir mal haverá vergonha.

LICAS

Que devo fazer? Ó filha de Eneu,
diz-me! Há tempo nos atrasamos.

DEJANIRA

600 É disso mesmo que tratei, Licas,
quando dentro falavas às hóspedes.
Quero que leves este longo peplo,
dom de minha mão àquele varão.
Ao lhe entregar, diz que nenhum
605 mortal, antes que ele, o vestirá,
nem o verá, nem o brilho do Sol,
nem sacra cerca, nem luz lareira,
antes que ereto às claras manifesto
exiba aos Deuses em dia tauricida.
610 Assim prometi, se um dia em casa
o visse ou o ouvisse, com justiça
vestir esta túnica e ser aos Deuses
novo sacrificante em novo peplo.

καὶ τῶνδ› ἀποίσεις σῆμ›, ὃ κεῖνος εὐμαθὲς
615 σφραγῖδος ἕρκει τῷδ› ἐπὸν μαθήσεται.
ἀλλ› ἕρπε, καὶ φύλασσε πρῶτα μὲν νόμον,
τὸ μὴ ‹πιθυμεῖν πομπὸς ὢν περισσὰ δρᾶν·
ἔπειθ› ὅπως ἂν ἡ χάρις κείνου τέ σοι
κἀμοῦ ξυνελθοῦσ› ἐξ ἁπλῆς διπλῆ φανῇ.

ΛΙΧΑΣ

620 ἀλλ› εἴπερ Ἑρμοῦ τήνδε πομπεύω τέχνην
βέβαιον, οὔ τοι μὴ σφαλῶ γ› ἐν σοί ποτε,
τὸ μὴ οὐ τόδ› ἄγγος ὡς ἔχει δεῖξαι φέρων,
λόγων τε πίστιν ὧν λέγεις ἐφαρμόσαι.

ΔΗΙΑΝΕΙΡΑ

στείχοις ἂν ἤδη. καὶ γὰρ ἐξεπίστασαι
625 τά γ› ἐν δόμοισιν ὡς ἔχοντα τυγχάνει.

ΛΙΧΑΣ

ἐπίσταμαί τε καὶ φράσω σεσωσμένα.

ΔΗΙΑΝΕΙΡΑ

ἀλλ› οἶσθα μὲν δὴ καὶ τὰ τῆς ξένης ὁρῶν
προσδέγματ› αὐτός, ὥς σφ᾽ ἐδεξάμην φίλως.

ΛΙΧΑΣ

ὥστ› ἐκπλαγῆναι τοὐμὸν ἡδονῇ κέαρ.

ΔΗΙΑΝΕΙΡΑ

630 ί δῆτ› ἂν ἄλλο γ› ἐννέποις; δέδοικα γὰρ
μὴ πρῷ λέγοις ἂν τὸν πόθον τὸν ἐξ ἐμοῦ,
πρὶν εἰδέναι τἀκεῖθεν εἰ ποθούμεθα.

Disto levarás sinal que ele saberá
615 claro contido nesta cerca do selo.
Vai, e observa primeiro esta lei:
não deseje o núncio agir demais.
Se sua gratidão se unir à minha,
em vez de simples a terás dupla.

LICAS

620 Se exerço esta arte por Hermes
firme, não te deixarei jamais
de levar esta arca como está
e dar a garantia de tuas palavras.

DEJANIRA

Já podes partir, pois bem sabes
625 como estão as coisas nesta casa.

LICAS

Sei e direi que elas estão seguras.

DEJANIRA

Sabes e vês a recepção concedida
à hóspeda e quão amistosa acolhi.

LICAS

A tocar meu coração de alegria.

DEJANIRA

630 Que mais poderias dizer? Temi
que antes falasses de meu anseio
antes de saber se anseia por mim.

ΧΟΡΟΣ

{STR. 1.} ὦ ναύλοχα καὶ πετραῖα θερμὰ λουτρὰ καὶ πάγους
635 οἴτας παραναιετάοντες, οἵ τε μέσσαν
Μηλίδα πὰρ λίμναν
χρυσαλακάτου τ› ἀκτὰν κόρας,
639 ἔνθ› Ἑλλάνων ἀγοραὶ Πυλάτιδες κλέονται,
{ANT. 1.} ὁ καλλιβόας τάχ› ὑμῖν αὐλὸς οὐκ ἀναρσίαν
ἀχῶν καναχὰν ἐπάνεισιν, ἀλλὰ θείας
ἀντίλυρον μούσας.
ὁ γὰρ Διός Ἀλκμήνας κόρος
645 σοῦται πάσας ἀρετᾶς λάφυρ› ἔχων ἐπ› οἴκους·

{STR. 2.} ὃν ἀπόπτολιν εἴχομεν παντᾶ
δυοκαιδεκάμηνον ἀμμένουσαι
χρόνον, πελάγιον, ἴδριες οὐ-
δέν· ἁ δέ οἱ φίλα δάμαρ τάλαιναν
δυστάλαινα καρδίαν
πάγκλαυτος αἰὲν ὤλλυτο·
νῦν δ› Ἄρης οἰστρηθεὶς
ἐξέλυσ› ἐπιπόνων ἁμερᾶν.

{ANT. 2.} ἀφίκοιτ› ἀφίκοιτο· μὴ σταίη
πολύκωπον ὄχημα ναὸς αὐτῷ,
πρὶν τάνδε πρὸς πόλιν ἀνύσει-
ε, νασιῶτιν ἑστίαν ἀμείψας,
ἔνθα κλῄζεται θυτήρ·
660 ὅθεν μόλοι †πανάμερος,
τᾶς Πειθοῦς παγχρίστῳ
συγκραθεὶς ἐπὶ προφάσει θηρός†.

SEGUNDO ESTÁSIMO (633-662)

CORO

EST. 1 Ó vizinhos do porto, pétreas termas,
635 colinas de Eta, interior
Mélida junto ao lago
e orla da virgem de áureas setas,
639 onde os gregos têm a praça de Portas,
ANT. 1 logo o aulo amavioso vos ergue
fragor de ecos não hostil
símil à lira de Musa divina,
o filho de Zeus e de Alcmena
645 vem para casa senhor de todo valor.

EST. 2 Longe da urbe o tivemos todo
o tempo de doze meses sem
notícias à espera do mareante
650 e sua esposa em pranto
sempre roía o sofrido
malsofrido coração.
Agora Ares raivoso
o livra de maus dias.

ANT. 2 Venha! Venha! Não se detenha
656 veículo naval de muitos remos
antes que alcance esta urbe
após deixar ilhoa lareira
onde célebre sacrifica,
660 donde venha suave
ungido de Persuasão
a conselho do bicho.

ΔΗΙΑΝΕΙΡΑ

γυναῖκες, ὡς δέδοικα μὴ περαιτέρω
πεπραγμέν› ᾖ μοι πάνθ› ὅσ› ἀρτίως ἔδρων.

ΧΟΡΟΣ

665 *τί δ› ἔστι, Δῃάνειρα, τέκνον Οἰνέως;*

ΔΗΙΑΝΕΙΡΑ

οὐκ οἶδ›· ἀθυμῶ δ› εἰ φανήσομαι τάχα
κακὸν μέγ› ἐκπράξασ› ἀπ› ἐλπίδος καλῆς.

ΧΟΡΟΣ

οὐ δή τι τῶν σῶν Ἡρακλεῖ δωρημάτων;

ΔΗΙΑΝΕΙΡΑ

μάλιστά γ›· ὥστε μήποτ› ἂν προθυμίαν
670 *ἄδηλον ἔργου τῳ παραινέσαι λαβεῖν.*

ΧΟΡΟΣ

δίδαξον, εἰ διδακτόν, ἐξ ὅτου φοβῇ.

ΔΗΙΑΝΕΙΡΑ

τοιοῦτον ἐκβέβηκεν, οἷον, ἢν φράσω,
γυναῖκες, ὑμῖν θαῦμ› ἀνέλπιστον βαλεῖν.
ᾧι γὰρ τὸν ἐνδυτῆρα πέπλον ἀρτίως
675 *ἔχριον, ἀργῆς οἰὸς εὐείρῳ πόκῳ,*
τοῦτ› ἠφάνισται διάβορον πρὸς οὐδενὸς
τῶν ἔνδον, ἀλλ› ἐδεστὸν ἐξ αὑτοῦ φθίνει,

TERCEIRO EPISÓDIO (663-820)

DEJANIRA

Mulheres, temo ter-me excedido
em tudo quanto há pouco fazia.

CORO

665 Que há, Dejanira, filha de Eneu?

DEJANIRA

Não sei, mas temo que logo se mostre
que de bela esperança fiz grande mal.

CORO

Mas seria algo de teu dom a Héracles?

DEJANIRA

Sim, de modo a eu não aconselhar
670 mais que se anime em ação incerta.

CORO

Explica, se explicável, o que temes.

DEJANIRA

Deu-se algo tal que, se vos disser,
mulheres, tereis inopinado espanto.
O floco de lã de ovelha alva com
675 que untei há pouco o traje peplo
sumiu consumido por ninguém
de casa, mas por si só se desfaz

καὶ ψῇ κατ› ἄκρας σπιλάδος. ὡς δ› εἰδῇς ἅπαν,
ᾗ τοῦτ› ἐπράχθη, μείζον› ἐκτενῶ λόγον.
680 ἐγὼ γὰρ ὧν ὁ θήρ με Κένταυρος, πονῶν
πλευρὰν πικρᾷ γλωχῖνι προὐδιδάξατο
παρῆκα θεσμῶν οὐδέν, ἀλλ› ἐσῳζόμην,
χαλκῆς ὅπως δύσνιπτον ἐκ δέλτου γραφήν·
[καί μοι τάδ' ἦν πρόρρητα καὶ τοιαῦτ' ἔδρων·]
685 τὸ φάρμακον τοῦτ› ἄπυρον ἀκτῖνός τ› ἀεὶ
θερμῆς ἄθικτον ἐν μυχοῖς σῴζειν ἐμέ,
ἕως ἂν ἀρτίχριστον ἁρμόσαιμί που.
κἄδρων τοιαῦτα. νῦν δ›, ὅτ› ἦν ἐργαστέον,
ἔχρισα μὲν κατ› οἶκον ἐν δόμοις κρυφῇ
690 μαλλῷ, σπάσασα κτησίου βοτοῦ λάχνην,
κἄθηκα συμπτύξασ› ἀλαμπὲς ἡλίου
κοίλῳ ζυγάστρῳ δῶρον, ὥσπερ εἴδετε.
εἴσω δ› ἀποστείχουσα δέρκομαι φάτιν
ἄφραστον, ἀξύμβλητον ἀνθρώπῳ μαθεῖν.
695 τὸ γὰρ κάταγμα τυγχάνω ῥίψασά πως
[τῆς οἰός, ᾧ προὔχριον, ἐς μέσην φλόγα,]
ἀκτῖν› ἐς ἡλιῶτιν· ὡς δ› ἐθάλπετο,
ῥεῖ πᾶν ἄδηλον καὶ κατέψηκται χθονί,
μορφῇ μάλιστ› εἰκαστὸν ὥστε πρίονος
700 ἐκβρώμαθ› ἂν βλέψειας ἐν τομῇ ξύλου.
τοιόνδε κεῖται προπετές. ἐκ δὲ γῆς, ὅθεν
προὔκειτ›, ἀναζέουσι θρομβώδεις ἀφροί,
γλαυκῆς ὀπώρας ὥστε πίονος ποτοῦ
χυθέντος ἐς γῆν Βακχίας ἀπ› ἀμπέλου.
705 ὥστ› οὐκ ἔχω τάλαινα ποῖ γνώμης πέσω·
ὁρῶ δέ μ› ἔργον δεινὸν ἐξειργασμένην.
πόθεν γὰρ ἄν ποτ›, ἀντὶ τοῦ θνῄσκων ὁ θὴρ
ἐμοὶ παρέσχ› εὔνοιαν, ἧς ἔθνῃσχ› ὕπερ;
οὐκ ἔστιν, ἀλλὰ τὸν βαλόντ› ἀποφθίσαι
710 χρῄζων ἔθελγέ μ›· ὧν ἐγὼ μεθύστερον,

e se esvai na laje. Para que saibas
tudo como foi, alongarei a fala.
680 Do que me disse o bicho Centauro
ferido por amarga farpa no flanco,
nada esqueci, mas guardei qual
letra indelével em brônzea prancha.
Tal me foi prescrito e assim fiz:
685 manter esta droga longe de fogo
e de luz solar sempre no recesso,
até que aplicasse recém-untada.
Assim fiz. Agora quando devia,
untei em casa na alcova às ocultas
690 com tufo de lã de rês do rebanho,
e após dobrar longe da luz do Sol
pus o dom em oca arca como vistes.
Ao retornar para dentro, vi o dito
indizível, inapreensível a humano.
695 Arremessei ao léu a meada de lã,
usada para untar, ao meio da luz,
aos raios do Sol. Ao se aquecer,
funde-se opaca e some no chão
de forma comparável à serragem
700 que se veria no corte de madeira.
Assim está caída, e da terra onde
está, espuma granulosa borbulha
qual pingue poção de fruto glauco
de báquica vide, vertida no chão.
705 Tão mísera não sei a que recorra.
Vejo que cometi um terrível ato.
Por que ao morrer o bicho seria
bom comigo pela qual morria?
Não isso, mas, querendo matar
710 o atirador, iludiu-me, e eu soube

ὅτ› οὐκέτ› ἀρκεῖ, τὴν μάθησιν ἄρνυμαι.
μόνη γὰρ αὐτόν, εἴ τι μὴ ψευσθήσομαι
γνώμης, ἐγὼ δύστηνος ἐξαποφθερῶ·
τὸν γὰρ βαλόντ› ἄτρακτον οἶδα καὶ θεόν
715 Χείρωνα πημήναντα, χὤνπερ ἂν θίγῃ,
φθείρει τὰ πάντα κνώδαλ›· ἐκ δὲ τοῦδ› ὅδε
σφαγῶν διελθὼν ἰὸς αἵματος μέλας
πῶς οὐκ ὀλεῖ καὶ τόνδε; δόξῃ γοῦν ἐμῇ.
καίτοι δέδοκται, κεῖνος εἰ σφαλήσεται,
720 ταὐτῇ σὺν ὁρμῇ κἀμὲ συνθανεῖν ἅμα
ζῆν γὰρ κακῶς κλύουσαν οὐκ ἀνασχετόν,
ἥτις προτιμᾷ μὴ κακὴ πεφυκέναι.

ΧΟΡΟΣ

ταρβεῖν μὲν ἔργα δείν› ἀναγκαίως ἔχει,
τὴν δ› ἐλπίδ› οὐ χρὴ τῆς τύχης κρίνειν πάρος.

ΔΗΙΑΝΕΙΡΑ

725 οὐκ ἔστιν ἐν τοῖς μὴ καλοῖς βουλεύμασιν
οὐδ› ἐλπίς, ἥτις καὶ θράσος τι προξενεῖ.

ΧΟΡΟΣ

ἀλλ› ἀμφὶ τοῖς σφαλεῖσι μὴ ‹ξ ἑκουσίας
ὀργὴ πέπειρα, τῆς σε τυγχάνειν πρέπει.

ΔΗΙΑΝΕΙΡΑ

τοιαῦτα τἂν λέξειεν οὐχ ὁ τοῦ κακοῦ
730 κοινωνός, ἀλλ› ᾧ μηδὲν ἔστ› οἴκοι βαρύ.

ΧΟΡΟΣ

σιγᾶν ἂν ἁρμόζοι σε τὸν πλείω λόγον,
εἰ μή τι λέξεις παιδὶ τῷ σαυτῆς· ἐπεὶ
πάρεστι, μαστὴρ πατρὸς ὃς πρὶν ᾤχετο.

depois, quando não mais servia.
Só eu, mísera, se não me engana
o tino, serei o seu exterminador.
Sei que a seta que o feriu lesou
715 até ao Deus Quíron e extermina
a todas as feras às quais alcança.
Este atro veneno sanguíneo vindo
daquela chaga como não o mata?
A mim me parece. Mas decidi,
720 se ele cair, com ele morro junto.
Viver difamada não é suportável
a quem honra a origem não vil.

CORO

Deve-se temer atos terríveis, mas
sem pôr a previsão antes da sorte.

DEJANIRA

725 Nas decisões não belas não há
previsão que admita intrepidez.

CORO

Mas com vacilos involuntários
abranda-se a ira, tal é teu caso.

DEJANIRA

Assim diria quem não tem parte
730 no mal e a quem não cabe culpa.

CORO

Convém que cales a restante fala
se não dirás algo ao teu filho, já
presente, que antes buscava o pai.

ΥΛΛΟΣ

ὦ μῆτερ, ὡς ἂν ἐκ τριῶν σ› ἓν εἱλόμην,
735 ἢ μηκέτ› εἶναι ζῶσαν, ἢ σεσωσμένην
ἄλλου κεκλῆσθαι μητέρ›, ἢ λῴους φρένας
τῶν νῦν παρουσῶν τῶνδ› ἀμείψασθαί ποθεν.

ΔΗΙΑΝΕΙΡΑ

τί δ› ἐστίν, ὦ παῖ, πρός γ› ἐμοῦ στυγούμενον;

ΥΛΛΟΣ

τὸν ἄνδρα τὸν σὸν ἴσθι, τὸν δ› ἐμὸν λέγω
740 πατέρα, κατακτείνασα τῇδ› ἐν ἡμέρᾳ.

ΔΗΙΑΝΕΙΡΑ

οἴμοι, τίν› ἐξήνεγκας, ὦ τέκνον, λόγον;

ΥΛΛΟΣ

ὃν οὐχ οἷόν τε μὴ τελεσθῆναι· τὸ γὰρ
φανθὲν τίς ἂν δύναιτ› <ἂν> ἀγένητον ποεῖν;

ΔΗΙΑΝΕΙΡΑ

πῶς εἶπας, ὦ παῖ; τοῦ πάρ› ἀνθρώπων μαθὼν
745 ἄζηλον οὕτως ἔργον εἰργάσθαι με φῄς;

ΥΛΛΟΣ

αὐτὸς βαρεῖαν ξυμφορὰν ἐν ὄμμασιν
πατρὸς δεδορκὼς κοὐ κατὰ γλῶσσαν κλυών.

ΔΗΙΑΝΕΙΡΑ

ποῦ δ› ἐμπελάζεις τἀνδρὶ καὶ παρίστασαι;

ΥΛΛΟΣ

εἰ χρὴ μαθεῖν σε, πάντα δὴ φωνεῖν χρεών.
750 ὅθ› εἷρπε κλεινὴν Εὐρύτου πέρσας πόλιν,

HILO

Ó mãe, dos três eu escolheria um:
735 ou não mais vivesses, ou em vida
outro te chamasse mãe, ou tivesses
coração melhor do que ora o tens.

DEJANIRA

Que é, ó filho, hediondo em mim?

HILO

Sabe que teu marido, digo o meu
740 pai, neste dia de hoje tu o mataste.

DEJANIRA

Oímoi, que notícia trazes, ó filho?

HILO

O que não pode não ter sido, pois
quem faria não ser o que foi visto?

DEJANIRA

Que disseste, filho? Quem ouviste
745 dizer que fiz tão indesejável feito?

HILO

Eu mesmo vi com os olhos a triste
situação do pai, eu não ouvi dizer.

DEJANIRA

Onde te encontraste com o varão?

HILO

Se deves saber, preciso falar tudo.
750 Após pilhar a ínclita urbe de Êurito

νίκης ἄγων τροπαῖα κἀκροθίνια,
ἀκτή τις ἀμφίκλυστος Εὐβοίας ἄκρον
Κήναιόν ἐστιν, ἔνθα πατρῴῳ Διὶ
βωμοὺς ὁρίζει τεμενίαν τε φυλλάδα·
755 οὗ νιν τὰ πρῶτ› ἐσεῖδον ἄσμενος πόθῳ.
μέλλοντι δ› αὐτῷ πολυθύτους τεύχειν σφαγὰς
κῆρυξ ἀπ› οἴκων ἵκετ› οἰκεῖος Λίχας,
τὸ σὸν φέρων δώρημα, θανάσιμον πέπλον·
ὃν κεῖνος ἐνδύς, ὡς σὺ προὐξεφίεσο,
760 ταυροκτονεῖ μὲν δώδεκ› ἐντελεῖς ἔχων
λείας ἀπαρχὴν βοῦς· ἀτὰρ τὰ πάνθ› ὁμοῦ
ἑκατὸν προσῆγε συμμιγῆ βοσκήματα.
καὶ πρῶτα μὲν δείλαιος ἵλεῳ φρενὶ
κόσμῳ τε χαίρων καὶ στολῇ κατηύχετο·
765 ὅπως δὲ σεμνῶν ὀργίων ἐδαίετο
φλὸξ αἱματηρὰ κἀπὸ πιείρας δρυός,
ἱδρὼς ἀνῄει χρωτὶ, καὶ προσπτύσσεται
πλευραῖσιν ἀρτίκολλος, ὥστε τέκτονος,
χιτών, ἅπαν κατ› ἄρθρον· ἦλθε δ› ὀστέων
770 ὀδαγμὸς ἀντίσπαστος· εἶτα φοίνιος
ἐχθρᾶς ἐχίδνης ἰὸς ὣς ἐδαίνυτο.
ἐνταῦθα δὴ ’βόησε τὸν δυσδαίμονα
Λίχαν, τὸν οὐδὲν αἴτιον τοῦ σοῦ κακοῦ,
ποίαις ἐνέγκοι τόνδε μηχαναῖς πέπλον·
775 ὁ δ› οὐδὲν εἰδὼς δύσμορος τὸ σὸν μόνης
δώρημ› ἔλεξεν, ὥσπερ ἦν ἐσταλμένον.
κἀκεῖνος ὡς ἤκουσε καὶ διώδυνος
σπαραγμὸς αὐτοῦ πλευμόνων ἀνθήψατο,
μάρψας ποδός νιν, ἄρθρον ᾗ λυγίζεται,
780 ῥιπτεῖ πρὸς ἀμφίκλυστον ἐκ πόντου πέτραν·
κόμης δὲ λευκὸν μυελὸν ἐκραίνει, μέσου
κρατὸς διασπαρέντος αἵματός θ› ὁμοῦ.
ἅπας δ› ἀνηυφήμησεν οἰμωγῇ λεώς,

trazia troféus e primícias da vitória.
É uma orla circunfusa da Eubeia
o Cabo Ceneu, onde a Zeus pátrio
ele sagra altares e recinto silvestre.
755 Aí exultei de saudades ao revê-lo.
Quando sacrificaria muitas vítimas,
chegou de casa nosso arauto Licas
com tua dádiva, o mortífero peplo,
que ele vestiu conforme instruíras,
760 imola doze touros, bois perfeitos,
primícias dos rebanhos, e conduz
todas juntas cem reses misturadas.
Primeiro o infausto, de ânimo ledo,
feliz do adorno e veste, fez a prece.
765 Logo que ardeu a chama sanguínea
de ritos solenes e de resinoso pinho,
suor corria na pele, a túnica se cola
a seus flancos presa qual por artífice
a todos os membros e mordeu ossos
770 uma dor convulsiva, logo devorava
como veneno letal de víbora odiosa.
Então gritou ao de mau Nume Licas,
que nenhuma culpa teve de teu mal,
com que manha trouxera esse peplo.
775 Nada sabendo, o de má sorte disse
ser o dom só teu, tal qual expedido.
Quando ouviu, e doloroso espasmo
agrediu seus pulmões, ele o pegou
pelo pé junto ao tornozelo e atirou
780 a circunfusa pedra emersa do mar,
e jorrou branco miolo da cabeleira
e da cabeça espalhada com sangue.
Toda a gente irrompeu em pranto

τοῦ μὲν νοσοῦντος, τοῦ δὲ διαπεπραγμένου·
785 *κοὐδεὶς ἐτόλμα τἀνδρὸς ἀντίον μολεῖν.*
ἐσπᾶτο γὰρ πέδονδε καὶ μετάρσιος,
βοῶν, ἰύζων· ἀμφὶ δ› ἐκτύπουν πέτραι,
Λοκρῶν ὄρειοι πρῶνες Εὐβοίας τ› ἄκραι.
ἐπεὶ δ› ἀπεῖπε, πολλὰ μὲν τάλας χθονὶ
790 *ῥίπτων ἑαυτόν, πολλὰ δ› οἰμωγῇ βοῶν,*
τὸ δυσπάρευνον λέκτρον ἐνδατούμενος
σοῦ τῆς ταλαίνης καὶ τὸν Οἰνέως γάμον
οἷον κατακτήσαιτο λυμαντὴν βίου,
τότ› ἐκ προσέδρου λιγνύος διάστροφον
795 *ὀφθαλμὸν ἄρας εἶδέ μ› ἐν πολλῷ στρατῷ*
δακρυρροοῦντα, καί με προσβλέψας καλεῖ·
«ὦ παῖ, πρόσελθε, μὴ φύγῃς τοὐμὸν κακόν,
μηδ› εἴ σε χρὴ θανόντι συνθανεῖν ἐμοί·
ἀλλ› ἆρον ἔξω, καὶ μάλιστα μέν με θὲς
800 *ἐνταῦθ› ὅπου με μή τις ὄψεται βροτῶν·*
εἰ δ› οἶκτον ἴσχεις, ἀλλά μ› ἔκ γε τῆσδε γῆς
πόρθμευσον ὡς τάχιστα, μηδ› αὐτοῦ θάνω.»
τοσαῦτ› ἐπισκήψαντος, ἐν μέσῳ σκάφει
θέντες σφε πρὸς γῆν τήνδ› ἐκέλσαμεν μόλις
805 *βρυχώμενον σπασμοῖσι· καί νιν αὐτίκα*
ἢ ζῶντ› ἐσόψεσθ› ἢ τεθνηκότ› ἀρτίως.
τοιαῦτα, μῆτερ, πατρὶ βουλεύσασ› ἐμῷ
καὶ δρῶσ› ἐλήφθης, ὧν σε ποίνιμος Δίκη
τείσαιτ› Ἐρινύς τ›. εἰ θέμις δ›, ἐπεύχομαι·
810 *θέμις δ›, ἐπεί μοι τὴν θέμιν σὺ προὔβαλες,*
πάντων ἄριστον ἄνδρα τῶν ἐπὶ χθονὶ
κτείνασ›, ὁποῖον ἄλλον οὐκ ὄψει ποτέ.

ΧΟΡΟΣ

τί σῖγ› ἀφέρπεις; οὐ κάτοισθ› ὁθούνεκα
ξυνηγορεῖς σιγῶσα τῷ κατηγόρῳ;

por um, louco, e por outro, morto.
785 Ninguém ousava ir ante o varão.
Ele se contorcia no chão e no ar
aos gritos e uivos, pedras ecoam,
picos lócrios e colinas de Eubeia.
Ao cessar mísero tantos arrojos
790 no chão e tantos gritos de dor
e invectivas às danosas núpcias
contigo e à aliança com Eneu
contraída para a ruína da vida,
então da fumaceira ergue torto
795 o olho e me viu na vasta tropa
prantear e bem de frente disse:
"Ó filho, vem! Não evites o meu
mal nem se comigo devas morrer.
Levanta-me e além disso me põe
800 lá onde nenhum mortal me aviste.
Se tens dó, transpõe-me desta terra
o mais rápido, não morra eu aqui!"
Com essa ordem, nós o embarcamos
em difícil transporte para esta terra
805 aos gritos convulsivos. Desde já
poderás vê-lo vivo ou recém-morto.
Em tal intento e ato contra meu pai,
ó mãe, foste pega. Punitiva Justiça
e Erínis te punam! Se lícito, suplico.
810 Lícito é, porque lícito me tornaste,
ao matares o melhor varão de todos
sobre a terra, qual não verás outro.

CORO

Por que partes silenciosa? Não sabes
que silenciosa confirmas o acusador?

ΥΛΛΟΣ

815 ἐᾶτ› ἀφέρπειν. οὖρος ὀφθαλμῶν ἐμῶν
αὐτῇ γένοιτ› ἄπωθεν ἑρπούσῃ καλός.
ὄγκον γὰρ ἄλλως ὀνόματος τί δεῖ τρέφειν
μητρῷον, ἥτις μηδὲν ὡς τεκοῦσα δρᾷ;
ἀλλ᾽ ἑρπέτω χαίρουσα· τὴν δὲ τέρψιν ἣν
820 τὼμῷ δίδωσι πατρί, τήνδ› αὐτὴ λάβοι.

HILO

815 Deixai-a partir. Belo tenha o vento
ao partir para longe de meus olhos!
Por que nutrir o vulto vão do nome
de mãe quem não age como mãe?
Que parta contente! O prazer que
820 dá a meu pai, possa ela mesma ter.

ΧΟΡΟΣ

{STR. 1.} ἴδ› οἷον, ὦ παῖδες, προσέμειξεν ἄφαρ
τοὔπος τὸ θεοπρόπον ἡμῖν
τᾶς παλαιφάτου προνοίας,
ὅ τ› ἔλακεν, ὁπότε τελεόμηνος ἐκφέροι
825 δωδέκατος ἄροτος, ἀναδοχὰν τελεῖν πόνων
τῷ Διὸς αὐτόπαιδι·
καὶ τάδ› ὀρθῶς
ἔμπεδα κατουρίζει.
πῶς γὰρ ἂν ὁ μὴ λεύσσων
ἔτι ποτ› ἔτ› ἐπίπονον
830 ἔχοι θανὼν λατρείαν;

{ANT. 1.} εἰ γάρ σφε Κενταύρου φονίᾳ νεφέλᾳ
χρίει δολοποιὸς ἀνάγκα
πλευρά, προστακέντος ἰοῦ,
ὃν τέκετο θάνατος, ἔτεκε δ› αἰόλος δράκων,
835 πῶς ὅδ› ἂν ἀέλιον ἕτερον ἢ τανῦν ἴδοι,
δεινοτέρῳ μὲν ὕδρας
προστετακὼς
φάσματι; μελαγχαίτα τ›
ἄμμιγά νιν αἰκίζει
ὑπόφονα δολόμυ-
840 θα κέντρ› ἐπιζέσαντα;

{STR. 2.} ὧν ἅδ› ἁ τλάμων ἄοκνος
μεγάλαν προσορῶσα δόμοισι
βλάβαν νέων ἀίσσου-
σαν γάμων τὰ μὲν αὐτὰ

TERCEIRO ESTÁSIMO (821-862)

CORO

EST. 1 Eis, jovens, que súbito nos atingiu
a profética palavra
de velha presciência
que disse tão logo fizer mês por mês
825 doze verões findar o fardo de fadigas
do verdadeiro filho de Zeus.
Assim na verdade
está por acontecer.
Como, se já não vive,
ainda uma vez mais
830 teria difícil servidão?

ANT. 1 Se dolosa coerção de Centauro
lhe fere os flancos com nuvem
letal, ao ser picado com veneno
cria de Morte, cria de vária Víbora,
835 como ele veria Sol outro que este,
uma vez picado
por terrível forma
de Hidra? De Crinipreto
atracados o torturam
os dolosos mortíferos
840 ferventes aguilhões.

EST. 2 Sendo intrépida esta infausta
ao ver precipitar-se em casa
grande dano de novas núpcias
parte ela mesma aplicou,

προσέβαλεν, τὰ δ› ἀπ› ἀλλόθρου
845 *γνώμας μολόντ› ὀλεθρίαισι συναλλαγαῖς*
ἦ που ὀλοὰ στένει,
ἦ που ἀδινῶν χλωρὰν
τέγγει δακρύων ἄχναν.
ἁ δ› ἐρχομένα μοῖρα προφαίνει δολίαν
850 *καὶ μεγάλαν ἄταν.*

{ANT. 2.} *ἔρρωγεν παγὰ δακρύων,*
κέχυται νόσος, ὦ πόποι, οἷον
ἀναρσίων <ὕπ᾽> οὔπω
<τοῦδε σῶμ᾽> ἀγακλειτὸν
855 *ἐπέμολεν πάθος οἰκτίσαι.*
ἰὼ κελαινὰ λόγχα προμάχου δορός,
ἃ τότε θοὰν νύμφαν
ἄγαγες ἀπ› αἰπεινᾶς
τάνδ› Οἰχαλίας αἰχμᾷ·
860 *ἁ δ› ἀμφίπολος Κύπρις ἄναυδος φανερὰ*
τῶνδ› ἐφάνη πράκτωρ.

parte veio de alheio tino
845 por funesta conjunção.
Talvez perdida lastime.
Talvez verta orvalho
de densas lágrimas verdes.
Ao vir Sorte revela dolosa
850 e grande erronia.

ANT. 2 Rebentou a fonte de lágrimas.
Irrompeu o distúrbio, *ô pópoi*,
qual nunca de inimigos
atacou o ínclito varão
855 moléstia de se apiedar.
Iò, negra ponta de lança à frente,
que rápida trouxeste
de íngreme Ecália
esta noiva de batalha!
860 Solícita Cípris sem fala às claras
disto se revelou autora.

ΤΡΟΦΟΣ

ἰὼ μοι.>

ΧΟΡΟΣ

πότερον ἐγὼ μάταιος, ἢ κλύω τινὸς
οἴκτου δι› οἴκων ἀρτίως ὁρμωμένου;
865 τί φημί;
ἠχεῖ τις οὐκ ἄσημον, ἀλλὰ δυστυχῆ
κωκυτὸν εἴσω, καί τι καινίζει στέγη.
ξύνες δὲ
τήνδ› ὡς ἀγηθὴς καὶ συνωφρυωμένη
870 χωρεῖ πρὸς ἡμᾶς γραῖα σημαίνουσά τι.

ΤΡΟΦΟΣ

ὦ παῖδες, ὡς ἄρ› ἡμὶν οὐ σμικρῶν κακῶν
ἦρξεν τὸ δῶρον Ἡρακλεῖ τὸ πόμπιμον.

ΧΟΡΟΣ

τί δ›, ὦ γεραιά, καινοποιηθὲν λέγεις;

ΤΡΟΦΟΣ

βέβηκε Δῃάνειρα τὴν πανυστάτην
875 ὁδῶν ἁπασῶν ἐξ ἀκινήτου ποδός.

ΧΟΡΟΣ

οὐ δή ποθ› ὡς θανοῦσα;

ΤΡΟΦΟΣ

πάντ› ἀκήκοας.

QUARTO EPISÓDIO (863-946)

NUTRIZ

Ió moi!

CORO

Ou estou enganada ou há pouco
ouvi um lamento vindo de casa.
865 Que digo?
Ecoa não indistinto mas infausto
queixume, há novidade em casa.
Observa
esta anciã sombria e carrancuda
870 vindo para cá para nos dizer algo.

NUTRIZ

Ó jovens, o dom enviado a Héracles
nos deu início a não poucos males!

CORO

Que fato novo nos dizes, ó anciã?

NUTRIZ

Dejanira se foi à última de todas
875 as suas viagens sem mover o pé.

CORO

Dizes que morreu?

NUTRIZ

Ouviste tudo.

ΧΟΡΟΣ

τέθνηκεν ἡ τάλαινα;

ΤΡΟΦΟΣ

δεύτερον κλύεις.

ΧΟΡΟΣ

τάλαιν› ὀλέθρου τίνι τρόπῳ θανεῖν σφε φῄς;

ΤΡΟΦΟΣ

σχετλίῳ τὰ πρός γε πρᾶξιν.

ΧΟΡΟΣ

εἰπὲ, τῷ μόρῳ,
880 γύναι, ξυντρέχει;

ΤΡΟΦΟΣ

ταύτην διηίστωσεν <ἄμφηκες ξίφος>.

ΧΟΡΟΣ

τίς θυμός, ἢ τίνες νόσοι,
τάνδ› αἰχμᾷ βέλεος κακοῦ
ξυνεῖλε; πῶς ἐμήσατο
885 πρὸς θανάτῳ θάνατον
ἀνύσασα μόνα στονόεντος
ἐν τομᾷ σιδάρου;
ἐπεῖδες – ὦ ματαία – τάνδε <τὰν> ὕβριν;

ΤΡΟΦΟΣ

ἐπεῖδον, ὡς δὴ πλησία παραστάτις.

ΧΟΡΟΣ

890 τίς ἦνεν; φέρ› εἰπέ.

CORO

Mísera morreu?

NUTRIZ

Ouviste de novo.

CORO

Mísera! Como é que dizes que morreu?

NUTRIZ

Funesto foi o ato.

CORO

Diz-me, ó mulher,
880 que morte ela teve?

NUTRIZ

Espada bigúmea a matou.

CORO

Que impulso, que distúrbio
com ponta de arma letal
a destruiu? Como tramou
885 morte após morte
executar a sós com talho
de lamurioso ferro?
Viste essa agressão?

NUTRIZ

Vi, porque estava perto.

CORO

890 Que fez? Vamos, diz!

ΤΡΟΦΟΣ

αὐτὴ πρὸς αὑτῆς χειροποιεῖται τάδε.

ΧΟΡΟΣ

τί φωνεῖς;

ΤΡΟΦΟΣ

Σαφηνῆ.

ΧΟΡΟΣ

ἔτεκ' ἔτεκε μεγάλαν
ἀνέορτος ἅδε νύμφα
895 δόμοισι τοῖσδ› Ἐρινύν.

ΤΡΟΦΟΣ

ἄγαν γε· μᾶλλον δ› εἰ παροῦσα πλησία
ἔλευσσες οἷ' ἔδρασε, κάρτ' ἂν ᾤκτισας.

ΧΟΡΟΣ

καὶ ταῦτ› ἔτλη τις χεὶρ γυναικεία κτίσαι;

ΤΡΟΦΟΣ

δεινῶς γε· πεύσῃ δ›, ὥστε μαρτυρεῖν ἐμοί.
900 ἐπεὶ παρῆλθε δωμάτων εἴσω μόνη,
καὶ παῖδ› ἐν αὐλαῖς εἶδε κοῖλα δέμνια
στορνύνθ', ὅπως ἄψορρον ἀντῴη πατρί,
κρύψασ› ἑαυτὴν ἔνθα μή τις εἰσίδοι,
βρυχᾶτο μὲν βωμοῖσι προσπίπτουσ› ὅτι
905 γένοιτ› ἐρῆμοι, κλαῖε δ› ὀργάνων ὅτου
ψαύσειεν οἷς ἐχρῆτο δειλαία πάρος·
ἄλλῃ δὲ κἄλλῃ δωμάτων στρωφωμένη,
εἴ του φίλων βλέψειεν οἰκετῶν δέμας,
ἔκλαιεν ἡ δύστηνος εἰσορωμένη,

NUTRIZ

Com as mãos contra si.

CORO

Que dizes?

NUTRIZ

A verdade.

CORO

Esta noiva sem festa
nesta casa gerou
895 gerou grande Erínis.

NUTRIZ

Sim, se presente de perto tivesses
visto seu ato, mais te apiedarias.

CORO

Isso mão de mulher ousou cometer?

NUTRIZ

Terrível! Saibas para testemunhar.
900 Logo que ela entrou a sós em casa
e no pátio viu o filho preparar cava
maca para encontrar de novo o pai,
após se ocultar onde ninguém visse,
lançando-se aos altares bradava que
905 ficariam ermos e pranteava ao tocar
utensílios que antes utilizava infausta.
Dando voltas e mais voltas pela casa
ao se avistar com algum dos servos
chorava a infeliz com os olhos nele

910 αὐτὴ τὸν αὑτῆς δαίμον› ἀνακαλουμένη.
[καὶ τὰς ἄπαιδας ἐς τὸ λοιπὸν οὐσίας.]
ἐπεὶ δὲ τῶνδ› ἔληξεν, ἐξαίφνης σφ› ὁρῶ
τὸν Ἡράκλειον θάλαμον εἰσορμωμένην.
κἀγὼ λαθραῖον ὄμμ› ἐπεσκιασμένη
915 φρούρουν· ὁρῶ δὲ τὴν γυναῖκα δεμνίοις
τοῖς Ἡρακλείοις στρωτὰ βάλλουσαν φάρη.
ὅπως δ› ἐτέλεσε τοῦτ›, ἐπενθοροῦσ› ἄνω
καθέζετ› ἐν μέσοισιν εὐνατηρίοις,
καὶ δακρύων ῥήξασα θερμὰ νάματα
920 ἔλεξεν, "ὦ λέχη τε καὶ νυμφεῖ᾽ ἐμά,
τὸ λοιπὸν ἤδη χαίρεθ› ὡς ἔμ› οὔποτε
δέξεσθ› ἔτ› ἐν κοίταισι ταῖσδ› εὐνάτριαν."
τοσαῦτα φωνήσασα συντόνῳ χερὶ
λύει τὸν αὑτῆς πέπλον, οὗ χρυσήλατος
925 προὔκειτο μαστῶν περονίς, ἐκ δ› ἐλώπισεν
πλευρὰν ἅπασαν ὠλένην τ› εὐώνυμον.
κἀγὼ δρομαία βᾶσ›, ὅσονπερ ἔσθενον,
τῷ παιδὶ φράζω τῆς τεχνωμένης τάδε.
κἀν ᾧ τὸ κεῖσε δεῦρό τ› ἐξορμώμεθα,
930 ὁρῶμεν αὐτὴν ἀμφιπλῆγι φασγάνῳ
πλευρὰν ὑφ› ἧπαρ καὶ φρένας πεπληγμένην.
ἰδὼν δ› ὁ παῖς ᾤμωξεν· ἔγνω γὰρ τάλας
τοὔργον κατ› ὀργὴν ὡς ἐφάψειεν τόδε,
ὄψ› ἐκδιδαχθεὶς τῶν κατ› οἶκον οὕνεκα
935 ἄκουσα πρὸς τοῦ θηρὸς ἔρξειεν τάδε.
κἀνταῦθ› ὁ παῖς δύστηνος οὔτ› ὀδυρμάτων
ἐλείπετ› οὐδέν, ἀμφί νιν γοώμενος,
οὔτ› ἀμφιπίπτων στόμασιν, ἀλλὰ πλευρόθεν
πλευρὰν παρεὶς ἔκειτο πόλλ› ἀναστένων,
940 ὥς νιν ματαίως αἰτίᾳ βάλοι κακῇ,
κλαίων ὁθούνεχ› εἷς δυοῖν ἔσοιθ› ἅμα,
πατρός τ› ἐκείνης τ›, ὠρφανισμένος βίον.

910 invocando ela o seu próprio Nume
e seus haveres doravante sem filho.
Quando cessou isso, súbito a vejo
precipitar-se ao tálamo de Héracles.
Eu nas sombras com olhar furtivo
915 espreitava e vejo a mulher lançar
mantos abertos na cama de Héracles.
Ao concluir isso, saltou em cima
e sentada se pôs no meio da cama
e rebentando cálido fluxo de lágrimas
920 disse: "ó tálamo e núpcias minhas,
doravante me despeço, que nunca
mais me acolhereis nestes enlaces".
Após falar assim, com mão firme
solta seu peplo onde áureo broche
925 guarnecia o peito e deixou nus
todo o flanco e o braço esquerdo.
Eu indo tão veloz quanto podia
falo ao filho de quem fazia isso.
Entre ida e vinda a toda pressa,
930 vemo-la ferida com bigúmea faca
no flanco sob fígado e diafragma.
Ao ver, o filho chorou, pois soube
o mísero que pela cólera fez isso,
instruído tarde por servos da casa
935 de que ela agira induzida do bicho.
O filho infausto então não deixa
nem de gemer chorando ao lado
nem de abraçar com beijos, mas
flanco a flanco jazia e lastimava
940 que vã acusação vil lhe lançara,
deplorando ser de uma só vez
órfão de ambos os pais na vida.

τοιαῦτα τἀνθάδ› ἐστίν. ὥστ› εἴ τις δύο
ἢ κἀπὶ πλείους ἡμέρας λογίζεται,
945 μάταιός ἐστιν· οὐ γὰρ ἔσθ› ἥ γ› αὔριον
πρὶν εὖ πάθῃ τις τὴν παροῦσαν ἡμέραν.

Assim está ali, de modo que se
alguém conta dois ou mais dias
945 em vão o faz, pois não há porvir
antes de se cumprir o dia de hoje.

ΧΟΡΟΣ

{STR. 1.} πότερα πρότερον ἐπιστένω,
πότερα μέλεα περαιτέρω,
δύσκριτ› ἔμοιγε δυστάνῳ.

{ANT. 1.} τάδε μὲν ἔχομεν ὁρᾶν δόμοις,
951 τάδε δὲ μένομεν ἐπ› ἐλπίσιν·
κοινὰ δ› ἔχειν τε καὶ μέλλειν.

{STR. 2.} εἴθ› ἀνεμόεσσά τις γένοιτ› ἔπουρος ἑστιῶτις αὔρα,
955 ἥτις μ᾽ ἀποικίσειεν ἐκ τόπων, ὅπως
τὸν Ζηνὸς ἄλκιμον γόνον
μὴ ταρβαλέα θάνοιμι
μοῦνον εἰσιδοῦσ› ἄφαρ·
ἐπεὶ ἐν δυσαπαλλάκτοις ὀδύναις
960 χωρεῖν πρὸ δόμων λέγουσιν,
ἄσπετον θέαμα.

{ANT. 2.} ἀγχοῦ δ› ἄρα κοὐ μακρὰν προὔκλαιον, ὀξύφωνος ὡς ἀηδών.
ξένων γὰρ ἐξόμιλος ἅδε τις στάσις.
965 πᾷ δ› αὖ φορεῖ νιν; ὡς φίλου
προκηδομένα, βαρεῖαν
ἄψοφον φέρει βάσιν.
αἰαῖ ὅδ› ἀναύδατος φέρεται.
τί χρή, φθίμενόν νιν, ἢ καθ›
970 ὕπνον ὄντα κρῖναι;

QUARTO ESTÁSIMO (947-970)

CORO

EST. 1 Qual devo prantear primeiro?
Qual devo deplorar depois?
É incerto em minha miséria.

ANT. 1 Tal podemos ver em casa
951 qual temos em perspectiva.
Comuns ter e haver de ter.

EST. 2 Passasse um sopro de bons ventos por esta casa
955 que me desterrasse destes lugares
para eu não morrer de medo
só de avistar de súbito
o bravo filho de Zeus:
com dores inextricáveis
960 dizem vir para casa
nefando espetáculo.

ANT. 2 Chorava-o perto, não longe, sonora qual rouxinol:
eis um exótico séquito de hóspedes!
965 Como o transportam? Cuidosos
do seu caro a passos graves
sem nenhum som o trazem.
Aiaî, sem voz ele vem!
Que devo dizer: vem
970 extinto ou adormecido?

ΥΛΛΟΣ

οἴμοι ἐγὼ σοῦ, πάτερ, ὢ μέλεος,
τί πάθω; τί δὲ μήσομαι; οἴμοι.

ΠΡΕΣΒΥΣ

σίγα, τέκνον, μὴ κινήσῃς
975 *ἀγρίαν ὀδύνην πατρὸς ὠμόφρονος.*
ζῇ γὰρ προπετής. ἀλλ› ἴσχε δακὼν
στόμα σόν.

ΥΛΛΟΣ

πῶς φῄς, γέρον; ἦ ζῇ;

ΠΡΕΣΒΥΣ

οὐ μὴ ‹ξεγερεῖς τὸν ὕπνῳ κάτοχον,
κἀκκινήσεις κἀναστήσεις
980 *φοιτάδα δεινὴν*
νόσον, ὦ τέκνον.

ΥΛΛΟΣ

ἀλλ› ἐπί μοι μελέῳ
βάρος ἄπλετον· ἐμμέμονεν φρήν.

ΗΡΑΚΛΗΣ

ὦ Ζεῦ,
ποῖ γᾶς ἥκω; παρὰ τοῖσι βροτῶν
985 *κεῖμαι πεπονημένος ἀλλήκτοις*
ὀδύναις; οἴμοι <μοι> ἐγὼ τλάμων·
ἁ δ› αὖ μιαρὰ βρύκει. φεῦ.

ÊXODO (971-1278)

HILO

Oímoi! De mim, pai, mísero,
que será? Que farei? *Oímoi!*

ANCIÃO

Silêncio, filho! Não atices
975 a feroz dor do pai violento!
Está abatido. Quieto, cala-te!

HILO

Que dizes, velho? Ele vive?

ANCIÃO

Não o acordes do sono!
Não atices nem suscites
980 o terrível intermitente
distúrbio, filho!

HILO

Sob peso
imenso, mísero enlouqueço.

HÉRACLES

Ó Zeus,
onde estou? Junto a que mortais
985 jazo extenuado por incessantes
dores? *Oímoi,* infeliz de mim!
Dor hedionda me devora! *Pheû!*

ΠΡΕΣΒΥΣ

ἆρ› ἐξήδη σ› ὅσον ἦν κέρδος
σιγῇ κεύθειν καὶ μὴ σκεδάσαι
990 τῷδ› ἀπὸ κρατὸς
βλεφάρων θ› ὕπνον;

ΥΛΛΟΣ

οὐ γὰρ ἔχω πῶς ἂν
στέρξαιμι κακὸν τόδε λεύσσων.

ΗΡΑΚΛΗΣ

ὦ Κηναία κρηπὶς βωμῶν,
997 ἣν μή ποτ› ἐγὼ προσιδεῖν ὁ τάλας
998[a]/994[a] ὤφελον ὄσσοις, ἱερῶν οἵαν
994[b] οἵων ἐπί μοι
995 μελέῳ χάριν ἠνύσω, ὦ Ζεῦ·
οἵαν μ› ἄρ› ἔθου λώβαν, οἵαν,
998[b] τόδ› ἀκήλητον
μανίας ἄνθος καταδερχθῆναι.
1000 τίς γὰρ ἀοιδός, τίς ὁ χειροτέχνας
ἰατορίας, ὃς τάνδ› ἄταν
χωρὶς Ζηνὸς κατακηλήσει;
θαῦμ› ἂν πόρρωθεν ἰδοίμαν.

{STR.} ἒ ἔ,
<– – – U –>
ἐᾶτέ μ᾽ ἐᾶτέ με
1005 δύσμορον εὐνᾶσθαι,
ἐᾶτέ με δύστανον.
πᾷ <πᾷ> μου ψαύεις; ποῖ κλίνεις;
ἀπολεῖς μ›, ἀπολεῖς.
ἀνατέτροφας ὅ τι καὶ μύσῃ.
ἦπταί μου, τοτοτοῖ, ἅδ᾽ αὖθ› ἕρπει. πόθεν

ANCIÃO

Eu sabia que era grande ganho
guardar silêncio, não dispersar
990 da cabeça e das pálpebras dele
o sono!

HILO

Pois não sei como
suportaria a visão deste mal.

HÉRACLES

Ó ceneia base dos altares,
997 que eu mísero não veria
998[a]/994[a] jamais com os meus olhos,
994[b] qual graça por quais ritos
995 deste-me mísero, oh Zeus!
Que ruína fizeste de mim!
998[b] Que implacável
louca floração a se ver!
1000 Que cantor, que perito
curandeiro encantaria
esta erronia senão Zeus?
Portento de longe visível!

EST. *Eé!*
[.......]
Deixai-me, deixai-me
1005 deitado desventurado,
deixai-me desinfeliz!
Não me pegues! Onde me levas?
Vais me matar, vais me matar.
Conturbaste quem mal dormia.

1010 ἔστ›, ὦ
Ἕλλανες πάντων ἀδικώτατοι ἀνέρες, οἷς δὴ
πολλὰ μὲν ἐν πόντῳ, κατά τε δρία πάντα
καθαίρων,
ὠλεκόμαν ὁ τάλας, καὶ νῦν ἐπὶ τῷδε νοσοῦντι
οὐ πῦρ, οὐκ ἔγχος τις ὀνήσιμον οὔ ποτε τρέψει;
ἐέ,
1015 οὐδ› ἀπαράξαι <μου> κρᾶτα βίου θέλει
<– υυ –> μολὼν τοῦ στυγεροῦ; φεῦ φεῦ.

ΠΡΕΣΒΥΣ

ὦ παῖ τοῦδ› ἀνδρός, τοὔργον τόδε μεῖζον ἀνήκει
ἢ κατ› ἐμὰν ῥώμαν· σὺ δὲ σύλλαβε· †σοί τε γὰρ
ὄμμα
ἔμπλεον ἢ δι› ἐμοῦ† σῴζειν.

ΥΛΛΟΣ

1020 ψαύω μὲν ἔγωγε,
λαθίπονον δ› ὀδύναν οὔτ› ἔνδοθεν οὔτε θύραθεν
ἔστι μοι ἐξανύσαι βιότου· τοιαῦτα νέμει Ζεύς.

ΗΡΑΚΛΗΣ

{ἀντ.} <ἒ ἕ.>
ὦ παῖ, ποῦ ποτ᾽ εἶ;
τᾷδέ με τᾷδέ με
1025 πρόσλαβε κουφίσας.
ἒ ἕ, ἰὼ δαῖμον.
θρῴσκει δ› αὖ, θρῴσκει δειλαία
διολοῦσ› ἡμᾶς
1030 ἀποτίβατος ἀγρία νόσος.
ἰὼ ἰὼ Παλλάς, τόδε μ› αὖ λωβᾶται. ἰὼ παῖ,
τὸν φύτορ› οἰκτίρας, ἀνεπίφθονον εἴρυσον
ἔγχος,
παῖσον ἐμᾶς ὑπὸ κληδός· ἀκοῦ δ› ἄχος, ᾧ μ᾽

1010 Ela me toca, *tototoî,* e retorna. Quem
sois os mais injustos de todos gregos?
Por vós limpei o mar e as selvas todas,
mísero me esvaí, e agora neste distúrbio
não me dareis afinal fogo nem faca útil?
Eé!
1015 Não me concedereis cortar-me a cabeça
e livrar-me de horrenda vida? *Pheû, pheû!*

ANCIÃO

Ó filho deste varão, este serviço excede
minhas forças. Coopera tu, porque estás
mais apto que eu a salvá-lo.

HILO

1020 Eu o toco
mas nem dentro nem fora tenho os meios
de tirar a dor da vida. Zeus assim dispõe.

HÉRACLES

ANT. *Eé!*
Ó filho, onde estás?
Por aqui me acode!
1025 Por aqui me apoia!
Eé! Iò, meu Nume!
Outro ataque nos ataca
este infausto destrutivo
1030 intratável feroz distúrbio.
Iò iò, Palas, isto me ultraja! *Iò*, filho,
apieda-te do pai, saca infalível faca,

1035 ἐχόλωσεν
σὰ μάτηρ ἄθεος, τὰν ὧδ› ἐπίδοιμι πεσοῦσαν
αὔτως, ὧδ› αὔτως, ὥς μ› ὤλεσεν. ὦ γλυκὺς
1040 Ἅιδας,
<ἒἕ.>
ὦ Διὸς αὐθαίμων, εὔνασον εὔνασόν μ›
ὠκυπέτᾳ μόρῳ τὸν μέλεον φθίσας.

ΧΟΡΟΣ

κλύουσ› ἔφριξα τάσδε συμφοράς, φίλαι,
1045 ἄνακτος, οἵαις οἷος ὢν ἐλαύνεται.

ΗΡΑΚΛΗΣ

ὦ πολλὰ δὴ καὶ θερμὰ, καὶ λόγῳ κακὰ,
καὶ χερσὶ καὶ νώτοισι μοχθήσας ἐγώ·
κοὔπω τοιοῦτον οὔτ› ἄκοιτις ἡ Διὸς
προὔθηκεν οὔθ› ὁ στυγνὸς Εὐρυσθεὺς ἐμοὶ
1050 οἷον τόδ› ἡ δολῶπις Οἰνέως κόρη
καθῆψεν ὤμοις τοῖς ἐμοῖς Ἐρινύων
ὑφαντὸν ἀμφίβληστρον, ᾧ διόλλυμαι.
πλευραῖσι γὰρ προσμαχθὲν ἐκ μὲν ἐσχάτας
βέβρωκε σάρκας, πλεύμονός τ› ἀρτηρίας
1055 ῥοφεῖ ξυνοικοῦν· ἐκ δὲ χλωρὸν αἷμά μου
πέπωκεν ἤδη, καὶ διέφθαρμαι δέμας
τὸ πᾶν, ἀφράστῳ τῇδε χειρωθεὶς πέδῃ.
κοὐ ταῦτα λόγχη πεδιάς, οὔθ› ὁ γηγενὴς
στρατὸς Γιγάντων, οὔτε θήρειος βία,
1060 οὔθ› Ἑλλάς, οὔτ› ἄγλωσσος, οὔθ› ὅσην ἐγὼ
γαῖαν καθαίρων ἱκόμην, ἔδρασέ πω·
γυνὴ δέ, θῆλυς οὖσα κἄνανδρος φύσιν,
μόνη με δὴ καθεῖλε φασγάνου δίχα.
ὦ παῖ, γενοῦ μοι παῖς ἐτήτυμος γεγώς,
1065 καὶ μὴ τὸ μητρὸς ὄνομα πρεσβεύσῃς πλέον.

1035 sulca sob a clavícula e cura esta dor
com que me enfurece tua ímpia mãe!
1040 Caísse ela qual me mata! Ó doce Hades,
Eé,
irmão de Zeus, faz-me dormir, dormir,
por velocíssima morte dá fim ao mísero!

CORO

Sinto arrepio, amigas, ao ouvir este mal
1045 do rei! Tão régio, com que mal se feriu!

HÉRACLES

Muitos e árduos até mesmo em relato
males suportei nos braços e nas costas.
Nem a esposa de Zeus nem o horrendo
Euristeu me incumbiram de tal fadiga
1050 como esta que a dolosa filha de Eneu
pendurou a meus ombros, vestimenta
urdida por Erínies, com que me perco.
Colada aos flancos me devora carnes
internas e aderente consome artérias
1055 dos pulmões, já tragou meu vigoroso
sangue, tenho o corpo todo destruído,
dominado por este grilhão imprevisto.
Não o fez luta campal nem a terrígena
tropa de Gigantes nem bicho violento
1060 nem Grécia nem bárbaros nem terras
quantas eu fui purificar de seus males,
mas uma mulher feminina e não viril
que a sós e sem espada me aniquilou.
Ó filho, sê deveras o meu filho nato
1065 e não veneres mais o nome materno!
Tira com tuas mãos tua mãe de casa

δός μοι χεροῖν σαῖν αὐτὸς ἐξ οἴκου λαβὼν
ἐς χεῖρα τὴν τεκοῦσαν, ὡς εἰδῶ σάφα
εἰ τοὐμὸν ἀλγεῖς μᾶλλον ἢ κείνης ὁρῶν
λωβητὸν εἶδος ἐν δίκῃ κακούμενον.
1070 ἴθ›, ὦ τέκνον, τόλμησον· οἴκτιρόν τέ με
πολλοῖσιν οἰκτρόν, ὅστις ὥστε παρθένος
βέβρυχα κλαίων, καὶ τόδ› οὐδ› ἂν εἷς ποτε
τόνδ' ἄνδρα φαίη πρόσθ' ἰδεῖν δεδρακότα,
ἀλλ› ἀστένακτος αἰὲν εἱχόμην κακοῖς.
1075 νῦν δ› ἐκ τοιούτου θῆλυς ηὕρημαι τάλας.
καὶ νῦν προσελθὼν στῆθι πλησίον πατρός,
σκέψαι δ› ὁποίας ταῦτα συμφορᾶς ὕπο
πέπονθα· δείξω γὰρ τάδ› ἐκ καλυμμάτων.
ἰδού, θεᾶσθε πάντες ἄθλιον δέμας,
1080 ὁρᾶτε τὸν δύστηνον, ὡς οἰκτρῶς ἔχω.
αἰαῖ, ὢ τάλας,
αἰαῖ.
ἔθαλψέ μ' ἄτης σπασμὸς ἀρτίως ὅδ› αὖ,
διῇξε πλευρῶν, οὐδ› ἀγύμναστόν μ› ἐᾶν
ἔοικεν ἡ τάλαινα διάβορος νόσος.
1085 ὦναξ Ἀΐδη, δέξαι μ›,
ὦ Διὸς ἀκτίς, παῖσον.
ἔνσεισον, ὦναξ, ἐγκατάσκηψον βέλος,
πάτερ, κεραυνοῦ. δαίνυται γὰρ αὖ πάλιν,
ἤνθηκεν, ἐξώρμηκεν. ὦ χέρες χέρες,
1090 ὦ νῶτα καὶ στέρν›, ὦ φίλοι βραχίονες,
ὑμεῖς ἐκεῖνοι δὴ καθέσταθ›, οἵ ποτε
Νεμέας ἔνοικον, βουκόλων ἀλάστορα,
λέοντ›, ἄπλατον θρέμμα κἀπροσήγορον,
βίᾳ κατειργάσασθε, Λερναίαν θ› ὕδραν,
1095 διφυᾶ τ› ἄμεικτον ἱπποβάμονα στρατὸν
θηρῶν, ὑβριστήν, ἄνομον, ὑπέροχον βίαν,
Ἐρυμάνθιόν τε θῆρα, τόν θ› ὑπὸ χθονὸς

e dá em minhas mãos para eu saber
claro se tu sofres mais ao ver a mim
ultrajado ou a ela punida com justiça.
1070 Vai, filho, ousa, comisera-te de mim
mísero por muitos males, qual moça
urro em prantos e isto ninguém nunca
diria jamais ter visto este varão fazer,
mas sempre sem lamúria tive os males.
1075 Tal fui, hoje mísero me vejo feminino.
Aproxima-te agora, fica perto do pai,
observa que situação tenho suportado
pois isto mostrarei sem encobrimento.
Vê! Contemplai todos o corpo exausto!
1080 Vede o infeliz, como estou lastimável!
Aiaî, oh mísero!
Aiaî!
Queimou-me outro espasmo de erronia,
varou os flancos, não parece me deixar
incólume o infausto distúrbio corrosivo.
1085 Ó rei Hades, acolhe-me!
Ó raio de Zeus, golpeia!
Lança, ó rei, desfere flecha
fulminante, ó pai! De novo devora,
floresce e transborda! Ó mãos, mãos,
1090 ó costas e peito, ó meus caros braços,
vós mesmos sois aqueles que outrora
matastes à força o terror de pastores,
o leão criado inabordável intratável
nativo de Nemeia, a Hidra de Lerna,
1095 a insociável biforme equestre tropa
de bichos exaltada insolente violenta,
o animal de Erimanto, o subterrâneo
cão tricéfalo de Hades, fera invicta

Ἅιδου τρίκρανον σκύλακ›, ἀπρόσμαχον τέρας,
δεινῆς Ἐχίδνης θρέμμα, τόν τε χρυσέων
1100 δράκοντα μήλων φύλακ› ἐπ› ἐσχάτοις τόποις.
ἄλλων τε μόχθων μυρίων ἐγευσάμην,
κοὐδεὶς τροπαῖ' ἔστησε τῶν ἐμῶν χερῶν.
νῦν δ› ὧδ› ἄναρθρος καὶ κατερρακωμένος
τυφλῆς ὑπ› ἄτης ἐκπεπόρθημαι τάλας,
1105 ὁ τῆς ἀρίστης μητρὸς ὠνομασμένος,
ὁ τοῦ κατ› ἄστρα Ζηνὸς αὐδηθεὶς γόνος.
ἀλλ› εὖ γέ τοι τόδ› ἴστε, κἂν τὸ μηδὲν ὦ,
κἂν μηδὲν ἕρπω, τήν γε δράσασαν τάδε
χειρώσομαι κἀκ τῶνδε. προσμόλοι μόνον,
1110 ἵν' ἐκδιδαχθῇ πᾶσιν ἀγγέλλειν ὅτι
καὶ ζῶν κακούς γε καὶ θανὼν ἐτεισάμην.

ΧΟΡΟΣ

ὦ τλῆμον Ἑλλάς, πένθος οἷον εἰσορῶ <σ'>
ἕξουσαν, ἀνδρὸς τοῦδέ γ› εἰ σφαλεῖσ' ἔσῃ.

ΥΛΛΟΣ

ἐπεὶ παρέσχες ἀντιφωνῆσαι, πάτερ,
1115 σιγὴν παρασχὼν κλῦθί μου νοσῶν ὅμως.
αἰτήσομαι γάρ σ› ὧν δίκαια τυγχάνειν.
δός μοι σεαυτόν, μὴ τοιοῦτον ὡς δάκνῃ
θυμῷ δύσοργος. οὐ γὰρ ἂν γνοίης ἐν οἷς
χαίρειν προθυμῇ κἀν ὅτοις ἀλγεῖς μάτην.

ΗΡΑΚΛΗΣ

1120 εἰπὼν ὃ χρῄζεις λῆξον· ὡς ἐγὼ νοσῶν
οὐδὲν ξυνίημ› ὧν σὺ ποικίλλεις πάλαι.

ΥΛΛΟΣ

τῆς μητρὸς ἥκω τῆς ἐμῆς φράσων ἐν οἷς
νῦν ἔστ' ἐν οἷς θ' ἥμαρτεν οὐχ ἑκουσία.

cria de Víbora terrível, e a serpente
1100 vigia de áureas maçãs nos confins.
Empreendi dez mil outros trabalhos
e ninguém venceu as minhas mãos.
Agora eis inarticulado e prostrado
pilhado por cega erronia infausto
1105 o célebre rebento de exímia mãe,
o ínclito filho de Zeus constelado.
Mas isto bem sabei: ainda que eu
nada seja nem ande, ainda assim
agarrarei a que fez isto. Só venha
1110 para que aprenda anunciar a todos
que vivo ou morto punirei os maus.

CORO

Ó infausta Grécia, que luto te vejo
ter, se vieres a perder este varão!

HILO

Pai, já que teu silêncio me permite
1115 responder, ouve-me, mesmo turvo.
Eu te peço o que é justo alcançar.
Confia em mim não com tanta ira
que te pique, pois não perceberias
com que te exaltas e sofres em vão.

HÉRACLES

1120 Diz o que queres e cala! Turvo, eu
nada entendo de teus longos ardis.

HILO

De minha mãe venho te falar como
agora está e como incônscia errou.

ΗΡΑΚΛΗΣ

ὦ παγκάκιστε, καὶ παρεμνήσω γὰρ αὖ

1125 τῆς πατροφόντου μητρός, ὡς κλύειν ἐμέ;

ΥΛΛΟΣ

ἔχει γὰρ οὕτως ὥστε μὴ σιγᾶν πρέπειν.

ΗΡΑΚΛΗΣ

οὐ δῆτα τοῖς γε πρόσθεν ἡμαρτημένοις.

ΥΛΛΟΣ

ἀλλ› οὐδὲ μὲν δὴ τοῖς γ› ἐφ› ἡμέραν ἐρεῖς.

ΗΡΑΚΛΗΣ

λέγ›, εὐλαβοῦ δὲ μὴ φανῇς κακὸς γεγώς.

ΥΛΛΟΣ

1130 λέγω. τέθνηκεν ἀρτίως νεοσφαγής.

ΗΡΑΚΛΗΣ

πρὸς τοῦ; τέρας τοι διὰ κακῶν ἐθέσπισας.

ΥΛΛΟΣ

αὐτὴ πρὸς αὑτῆς, οὐδενὸς πρὸς ἐκτόπου.

ΗΡΑΚΛΗΣ

οἴμοι· πρὶν ὡς χρῆν σφ› ἐξ ἐμῆς θανεῖν χερός;

ΥΛΛΟΣ

κἂν σοῦ στραφείη θυμός, εἰ τὸ πᾶν μάθοις.

ΗΡΑΚΛΗΣ

1135 δεινοῦ λόγου κατῆρξας· εἰπὲ δ› ᾗ νοεῖς.

HÉRACLES

Ó tu pior de todos, ainda lembraste
1125 mãe parricida de modo a eu ouvir!

HILO

Está de modo a não convir calar.

HÉRACLES

Não mesmo, por seus prévios erros.

HILO

Mas não o dirás dos fatos de hoje.

HÉRACLES

Diz, mas evita mostrar-te perverso.

HILO

1130 Digo: está morta há pouco imolada.

HÉRACLES

Por quem? Que prodígio vaticinas?

HILO

Por si mesma, sem ninguém mais.

HÉRACLES

Oímoi! Não por mim, como devia!

HILO

Mudaria teu ânimo se tudo soubesses.

HÉRACLES

1135 Começaste mal, mas diz o que vês!

ΥΛΛΟΣ

ἅπαν τὸ χρῆμ᾽ ἥμαρτε χρηστὰ μωμένη.

ΗΡΑΚΛΗΣ

χρήστ›, ὦ κάκιστε, πατέρα σὸν κτείνασα δρᾷ;

ΥΛΛΟΣ

στέργημα γὰρ δοκοῦσα προσβαλεῖν σέθεν
ἀπήμπλαχ›, ὡς προσεῖδε τοὺς ἔνδον γάμους.

ΗΡΑΚΛΗΣ

1140 καὶ τίς τοσοῦτος φαρμακεὺς Τραχινίων;

ΥΛΛΟΣ

Νέσσος πάλαι Κένταυρος ἐξέπεισέ νιν
τοιῷδε φίλτρῳ τὸν σὸν ἐκμῆναι πόθον.

ΗΡΑΚΛΗΣ

ἰοὺ ἰοὺ δύστηνος, οἴχομαι τάλας.
ὄλωλ᾽ ὄλωλα, φέγγος οὐκέτ᾽ ἔστι μοι.
1145 οἴμοι, φρονῶ δὴ ξυμφορᾶς ἵν᾽ ἕσταμεν.
ἴθ›, ὦ τέκνον· πατὴρ γὰρ οὐκέτ᾽ ἔστι σοι·
κάλει τὸ πᾶν μοι σπέρμα σῶν ὁμαιμόνων,
κάλει δὲ τὴν τάλαιναν Ἀλκμήνην, Διὸς
μάτην ἄκοιτιν, ὡς τελευταίαν ἐμοῦ
1150 φήμην πύθησθε θεσφάτων ὅσ› οἶδ› ἐγώ.

ΥΛΛΟΣ

ἀλλ› οὔτε μήτηρ ἐνθάδ›, ἀλλ› ἐπακτίᾳ
Τίρυνθι συμβέβηκεν ὥστ› ἔχειν ἕδραν,
παίδων δὲ τοὺς μὲν ξυλλαβοῦσ› αὐτὴ τρέφει,
τοὺς δ› ἂν τὸ Θήβης ἄστυ ναίοντας μάθοις·

HILO

Cometeu o erro por desejar um bem.

HÉRACLES

Ó infame, faz bem ao matar teu pai?

HILO

Errou crendo que te aplicava amavios
quando viu as núpcias dentro de casa.

HÉRACLES

1140 Em Tráquis quem teria tais amavios?

HILO

O Centauro Nesso outrora lhe disse
com tal filtro te pôr louco de amor.

HÉRACLES

Ioù ioù, mísero! Infausto me vou.
Findo, findo, não mais tenho luz.
1145 *Oímoi,* sei em que sorte estamos!
Vai, ó filho, não tens mais o pai!
Traz-me toda a prole, teus irmãos!
Traz a mísera Alcmena, a de Zeus
noiva em vão, para que aprendais
1150 a fala final dos oráculos que sei.

HILO

Mas tua mãe não está aqui, ocorre
que ela reside na litorânea Tirinto
onde mantém alguns de teus filhos,
outros verias que moram em Tebas.

1155 ἡμεῖς δ› ὅσοι πάρεσμεν, εἴ τι χρή, πάτερ,
πράσσειν, κλυόντες ἐξυπηρετήσομεν.

ΗΡΑΚΛΗΣ

σὺ δ› οὖν ἄκουε τοὔργον· ἐξήκεις δ› ἵνα
φανεῖς ὁποῖος ὢν ἀνὴρ ἐμὸς καλῇ.
ἐμοὶ γὰρ ἦν πρόφαντον ἐκ πατρὸς πάλαι,
1160 πρὸς τῶν πνεόντων μηδενὸς θανεῖν ποτε,
ἀλλ› ὅστις Ἅιδου φθίμενος οἰκήτωρ πέλοι.
ὅδ› οὖν ὁ θὴρ Κένταυρος, ὡς τὸ θεῖον ἦν
πρόφαντον, οὕτω ζῶντά μ᾽ ἔκτεινεν θανών.
φανῶ δ› ἐγὼ τούτοισι συμβαίνοντ› ἴσα
1165 μαντεῖα καινά, τοῖς πάλαι ξυνήγορα,
ἃ τῶν ὀρείων καὶ χαμαικοιτῶν ἐγὼ
Σελλῶν ἐσελθὼν ἄλσος εἰσεγραψάμην
πρὸς τῆς πατρῴας καὶ πολυγλώσσου δρυός,
ἥ μοι χρόνῳ τῷ ζῶντι καὶ παρόντι νῦν
1170 ἔφασκε μόχθων τῶν ἐφεστώτων ἐμοὶ
λύσιν τελεῖσθαι· κἀδόκουν πράξειν καλῶς.
τὸ δ› ἦν ἄρ᾽ οὐδὲν ἄλλο πλὴν θανεῖν ἐμέ·
τοῖς γὰρ θανοῦσι μόχθος οὐ προσγίγνεται.
ταῦτ› οὖν ἐπειδὴ λαμπρὰ συμβαίνει, τέκνον,
1175 δεῖ σ᾽ αὖ γενέσθαι τῷδε τἀνδρὶ σύμμαχον,
καὶ μὴ ‹πιμεῖναι τοὐμὸν ὀξῦναι στόμα,
ἀλλ› αὐτὸν εἰκαθόντα συμπράσσειν, νόμον
κάλλιστον ἐξευρόντα, πειθαρχεῖν πατρί.

ΥΛΛΟΣ

ἀλλ›, ὦ πάτερ, ταρβῶ μὲν ἐς λόγου στάσιν
1180 τοιάνδ› ἐπελθών, πείσομαι δ› ἃ σοι δοκεῖ.

ΗΡΑΚΛΗΣ

ἔμβαλλε χεῖρα δεξιὰν πρώτιστά μοι.

1155 Nós presentes, ó pai, se necessário
fazer algo, ao ouvirmos serviremos.

HÉRACLES

Ouve, pois, tua tarefa; eis-te onde
se vê que varão és dito meu filho.
Tive outrora do pai um vaticínio
1160 de não ser morto por um vivente
mas por finado morador de Hades.
O bicho Centauro, qual o divino
vaticínio, morto me matou vivo.
Revelarei ocorridos iguais a este
1165 novos sinais cônsonos com velhos.
Quando visitei o bosque dos Selos
monteses terrícolas eu os anotei
do multilíngue carvalho paterno
que me disse: neste agora tempo
1170 presente livrar-me dos trabalhos
a mim impostos, e cri estar bem.
Ora, isso não era senão a morte,
pois os mortos não têm trabalho.
Quando isso ocorre claro, filho,
1175 deves tu ser aliado deste varão
e não me esperes afiar a língua,
mas cede e coopera, reconhece
a mais bela lei, obedece ao pai!

HILO

Ó pai, temo chegar a tal ponto
1180 da palavra; farei o que queres.

HÉRACLES

Primeiro me dá tua mão destra.

ΥΛΛΟΣ

ὡς πρὸς τί πίστιν τήνδ› ἄγαν ἐπιστρέφεις;

ΗΡΑΚΛΗΣ

οὐ θᾶσσον οἴσεις μηδ᾽ ἀπιστήσεις ἐμοί;

ΥΛΛΟΣ

ἰδού, προτείνω, κοὐδὲν ἀντειρήσεται.

ΗΡΑΚΛΗΣ

1185 *ὄμνυ Διός νυν τοῦ με φύσαντος κάρα*

ΥΛΛΟΣ

ἦ μὴν τί δράσειν; καὶ τόδ› ἐξειπεῖν σε δεῖ.

ΗΡΑΚΛΗΣ

ἦ μὴν ἐμοὶ τὸ λεχθὲν ἔργον ἐκτελεῖν.

ΥΛΛΟΣ

ὄμνυμ› ἔγωγε, Ζῆν᾽ ἔχων ἐπώμοτον.

ΗΡΑΚΛΗΣ

εἰ δ› ἐκτὸς ἔλθοις, πημονὰς εὔχου λαβεῖν.

ΥΛΛΟΣ

1190 *οὐ μὴ λάβω· δράσω γάρ· εὔχομαι δ› ὅμως.*

ΗΡΑΚΛΗΣ

οἶσθ› οὖν τὸν Οἴτης Ζηνὸς ὕψιστον πάγον;

ΥΛΛΟΣ

οἶδ›, ὡς θυτήρ γε πολλὰ δὴ σταθεὶς ἄνω.

HILO

Por que te voltas a tal garantia?

HÉRACLES

Não darás logo nem atenderás?

HILO

Ei-la, estendo-a sem contestar.

HÉRACLES

1185 Jura pela cara de Zeus meu pai.

HILO

Que hei de fazer? Deves dizê-lo.

HÉRACLES

Cumprir a tarefa dita por mim.

HILO

Juro com Zeus por testemunha.

HÉRACLES

Pede ter males, se o quebrasses.

HILO

1190 Não terei; farei; peço-os contudo.

HÉRACLES

Sabes o alto Eta de Zeus sumo?

HILO

Sei, sacrificava muito lá no alto.

ΗΡΑΚΛΗΣ

ἐνταῦθά νυν χρὴ τοὐμὸν ἐξάραντά σε
σῶμ› αὐτόχειρα καὶ ξὺν οἷς χρῄζεις φίλων,
1195 πολλὴν μὲν ὕλην τῆς βαθυρρίζου δρυὸς
κείραντα, πολλὸν δ› ἄρσεν› ἐκτεμόνθ᾽ ὁμοῦ
ἄγριον ἔλαιον, σῶμα τοὐμὸν ἐμβαλεῖν,
καὶ πευκίνης λαβόντα λαμπάδος σέλας
πρῆσαι. γόου δὲ μηδὲν εἰσίτω δάκρυ,
1200 ἀλλ› ἀστένακτος κἀδάκρυτος, εἴπερ εἶ
τοῦδ› ἀνδρός, ἔρξον· εἰ δὲ μή, μενῶ σ› ἐγὼ
καὶ νέρθεν ὢν ἀραῖος εἰσαεὶ βαρύς.

ΥΛΛΟΣ

οἴμοι, πάτερ, τί εἶπας; οἷά μ› εἴργασαι.

ΗΡΑΚΛΗΣ

ὁποῖα δραστέ› ἐστίν· εἰ δὲ μή, πατρὸς
1205 ἄλλου γενοῦ του μηδ᾽ ἐμὸς κληθῇς ἔτι.

ΥΛΛΟΣ

οἴμοι μάλ› αὖθις, οἷά μ› ἐκκαλῇ, πάτερ,
φονέα γενέσθαι καὶ παλαμναῖον σέθεν.

ΗΡΑΚΛΗΣ

οὐ δῆτ› ἔγωγ›, ἀλλ› ὧν ἔχω παιώνιον
καὶ μοῦνον ἰατῆρα τῶν ἐμῶν κακῶν.

ΥΛΛΟΣ

1210 καὶ πῶς ὑπαίθων σῶμ› ἂν ἰῴμην τὸ σόν;

ΗΡΑΚΛΗΣ

ἀλλ᾽ εἰ φοβῇ πρὸς τοῦτο, τἄλλα γ› ἔργασαι.

HÉRACLES

Lá deves tu mesmo levar o corpo
meu com os amigos que quiseres,
1195 vasta lenha de arraigado carvalho
corta e junta vasta oliva silvestre
macha, lança meu corpo em cima
e com o brilho de archote de pino
queima! Não haja pranto gemido,
1200 mas sem lágrima nem lástima, se
és deste varão; senão, eu te espero
até nos ínferos com eterna praga.

HILO

Oímoi, pai, que dizes? Que fazes?

HÉRACLES

O que deves fazer. Se não, sê filho
1205 de outro pai, meu não serás mais.

HILO

Oímoi ainda outra vez! Pai, como
me pedes ser teu atroz executor?

HÉRACLES

Eu não, mas ser somente o médico
saneador dos males que tenho meus.

HILO

1210 Como queimando curaria teu corpo?

HÉRACLES

Mas se temes isso, faz tu o restante.

ΥΛΛΟΣ

φορᾶς γέ τοι φθόνησις οὐ γενήσεται.

ΗΡΑΚΛΗΣ

ἦ καὶ πυρᾶς πλήρωμα τῆς εἰρημένης;

ΥΛΛΟΣ

ὅσον γ› ἂν αὐτὸς μὴ ποτιψαύων χεροῖν·
1215 τὰ δ› ἄλλα πράξω κοὐ καμῇ τοὐμὸν μέρος.

ΗΡΑΚΛΗΣ

ἀλλ› ἀρκέσει καὶ ταῦτα· πρόσνειμαι δέ μοι
χάριν βραχεῖαν πρὸς μακροῖς ἄλλοις διδούς.

ΥΛΛΟΣ

εἰ καὶ μακρὰ κάρτ› ἐστίν, ἐργασθήσεται.

ΗΡΑΚΛΗΣ

τὴν Εὐρυτείαν οἶσθα δῆτα παρθένον;

ΥΛΛΟΣ

1220 Ἰόλην ἔλεξας, ὥς γ› ἐπεικάζειν ἐμέ.

ΗΡΑΚΛΗΣ

ἔγνως. τοσοῦτον δή σ› ἐπισκήπτω, τέκνον·
ταύτην, ἐμοῦ θανόντος, εἴπερ εὐσεβεῖν
βούλῃ, πατρῴων ὁρκίων μεμνημένος,
προσθοῦ δάμαρτα, μηδ› ἀπιστήσῃς πατρί·
1225 μηδ› ἄλλος ἀνδρῶν τοῖς ἐμοῖς πλευροῖς ὁμοῦ
κλιθεῖσαν αὐτὴν ἀντὶ σοῦ λάβῃ ποτέ,
ἀλλ› αὐτός, ὦ παῖ, τοῦτο κήδευσον λέχος.
πείθου· τὸ γάρ τοι μεγάλα πιστεύσαντ᾽ ἐμοὶ
σμικροῖς ἀπιστεῖν τὴν πάρος συγχεῖ χάριν.

HILO

Sim, do translado não haverá recusa.

HÉRACLES

E o empilhamento da pira que pedi?

HILO

Tanto quanto eu não te leve as mãos,
1215 o resto farei, não faltará minha parte.

HÉRACLES

Isso me bastará. Concede outra breve
graça, além das grandes que me dás.

HILO

Ainda que muito grande, será feita.

HÉRACLES

Pois bem, conheces a filha de Êurito?

HILO

1220 Referes-te a Íole, ao que me parece.

HÉRACLES

Conheces. Disto te incumbo, filho:
depois de minha morte, se quiseres
honrar os juramentos feitos ao pai,
desposa-a, não desobedeças ao pai.
1225 Nenhum outro varão em vez de ti
tome a que se deitou ao meu lado,
mas tem tu mesmo, filho, esse leito.
Ouve, atendidas as grandes graças,
desatender pequenas desfaz o feito.

ΥΛΛΟΣ

1230 *οἴμοι. τὸ μὲν νοσοῦντι θυμοῦσθαι κακόν,*
τὸ δ› ὧδ› ὁρᾶν φρονοῦντα τίς ποτ› ἂν φέροι;

ΗΡΑΚΛΗΣ

ὡς ἐργασείων οὐδὲν ὧν λέγω θροεῖς.

ΥΛΛΟΣ

τίς γάρ ποθ›, ἥ μοι μητρὶ μὲν θανεῖν μόνη
μεταίτιος, σοὶ δ› αὖθις ὡς ἔχεις ἔχειν,
1235 *τίς ταῦτ› ἄν, ὅστις μὴ ‹ξ ἀλαστόρων νοσοῖ,*
ἕλοιτο; κρεῖσσον κἀμέ γ›, ὦ πάτερ, θανεῖν
ἢ τοῖσιν ἐχθίστοισι συνναίειν ὁμοῦ.

ΗΡΑΚΛΗΣ

ἀνὴρ ὅδ› ὡς ἔοικεν οὐ νεμεῖν ἐμοὶ
φθίνοντι μοῖραν· ἀλλά τοι θεῶν ἀρὰ
1240 *μενεῖ σ› ἀπιστήσαντα τοῖς ἐμοῖς λόγοις.*

ΥΛΛΟΣ

οἴμοι, τάχ›, ὡς ἔοικας, ὡς νοσεῖς φανεῖς.

ΗΡΑΚΛΗΣ

σὺ γάρ μ› ἀπ› εὐνασθέντος ἐκκινεῖς κακοῦ.

ΥΛΛΟΣ

δείλαιος, ὡς ἐς πολλὰ τἀπορεῖν ἔχω.

ΗΡΑΚΛΗΣ

οὐ γὰρ δικαιοῖς τοῦ φυτεύσαντος κλύειν.

ΥΛΛΟΣ

1245 *ἀλλ› ἐκδιδαχθῶ δῆτα δυσσεβεῖν, πάτερ;*

HILO

1230 *Oímoi!* Mal é irar-se com enfermo,
mas vê-lo pensar isso é suportável?

HÉRACLES

Falas como a fazer nada que digo.

HILO

Quem, só ela compartilhando a causa
de minha mãe morrer e de teu estado,
1235 quem, não turvo por víndices Numes,
escolheria isso? Pai, melhor morrer
que conviver com os piores inimigos.

HÉRACLES

Este varão parece não me conceder
parte à morte, mas a praga dos Deuses
1240 te espera por desatender meu pedido.

HILO

Oímoi, vê-se que logo te verão turvo.

HÉRACLES

Pois tu instigas o adormecido mal.

HILO

Infeliz, em que impasse me tenho!

HÉRACLES

Pois não tens por justo ouvir o pai.

HILO

1245 Mas sou instruído a ser ímpio, pai?

ΗΡΑΚΛΗΣ

οὐ δυσσέβεια, τοὐμὸν εἰ τέρψεις κέαρ.

ΥΛΛΟΣ

πράσσειν ἄνωγας οὖν με πανδίκως τάδε;

ΗΡΑΚΛΗΣ

ἔγωγε· τούτων μάρτυρας καλῶ θεούς.

ΥΛΛΟΣ

τοιγὰρ ποήσω, κοὐκ ἀπώσομαι, τὸ σὸν
1250 *θεοῖσι δεικνὺς ἔργον. οὐ γὰρ ἄν ποτε*
κακὸς φανείην σοί γε πιστεύσας, πάτερ.

ΗΡΑΚΛΗΣ

καλῶς τελευτᾷς, κἀπὶ τοῖσδε τὴν χάριν
ταχεῖαν, ὦ παῖ, πρόσθες, ὡς πρὶν ἐμπεσεῖν
σπαραγμὸν ἤ τιν› οἶστρον, ἐς πυράν με θῇς.
1255 *ἀγ› ἐγκονεῖτ', αἴρεσθε. παῦλά τοι κακῶν*
αὕτη, τελευτὴ τοῦδε τἀνδρὸς ὑστάτη.

ΥΛΛΟΣ

ἀλλ› οὐδὲν εἴργει σοὶ τελειοῦσθαι τάδε,
ἐπεὶ κελεύεις κἀξαναγκάζεις, πάτερ.

ΗΡΑΚΛΗΣ

ἄγε νυν, πρὶν τήνδ› ἀνακινῆσαι
1260 *νόσον, ὦ ψυχὴ σκληρά, χάλυβος*
λιθοκόλλητον στόμιον παρέχουσ›,
ἀνάπαυε βοήν, ὡς ἐπίχαρτον
τελέουσ› ἀεκούσιον ἔργον.

ΥΛΛΟΣ

αἴρετ›, ὀπαδοί, μεγάλην μὲν ἐμοὶ

HÉRACLES

Não é ímpio se me apraz o coração.

HILO

Exortas-me a agir com toda justiça?

HÉRACLES

Sim, e tomo Deuses por testemunha.

HILO

Pois farei, não recusarei, mostrando
1250 aos Deuses teu o ato. Não pareceria
eu perverso porque te obedeci, pai.

HÉRACLES

Terminas bem. A mais, dá-me outra
graça rápido, ó filho, põe-me na pira
antes de sobrevir espasmo ou furor.
1255 Apressai-vos, levai-me! Eis o repouso
dos males, o último termo deste varão.

HILO

Nada impede que assim se cumpra
uma vez que ordenas e obrigas, pai.

HÉRACLES

Eia, antes de despertar o distúrbio,
1260 ó alma implacável, torna a boca
pedra colada com grampo de aço,
põe fim nos gritos e termina como
se com júbilo o involuntário feito.

HILO

Levai, parceiros, tende comigo

1265 τούτων θέμενοι συγγνωμοσύνην,
μεγάλην δὲ θεῶν ἀγνωμοσύνην
εἰδότες ἔργων τῶν πρασσομένων,
οἳ φύσαντες καὶ κληζόμενοι
πατέρες τοιαῦτ› ἐφορῶσι πάθη.
1270 τὰ μὲν οὖν μέλλοντ› οὐδεὶς ἐφορᾷ,
τὰ δὲ νῦν ἑστῶτ› οἰκτρὰ μὲν ἡμῖν,
αἰσχρὰ δ› ἐκείνοις,
χαλεπώτατα δ› οὖν ἀνδρῶν πάντων
τῷ τήνδ› ἄτην ὑπέχοντι.
1275 λείπου μηδὲ σύ, παρθέν›, ἐπ› οἴκων,
μεγάλους μὲν ἰδοῦσα νέους θανάτους,
πολλὰ δὲ πήματα <καὶ> καινοπαθῆ,
κοὐδὲν τούτων ὅ τι μὴ Ζεύς.

1265 por isto uma grande clemência,
cientes da grande inclemência
dos Deuses por atos em curso.
Eles, os genitores e aclamados
pais, observam tais sofrimentos.
1270 Os futuros ninguém os observa,
os de hoje são tristes para nós,
vexaminosos para eles, os mais
difíceis, dentre todos os varões,
para quem padece esta erronia.
1275 Moça, não te deixes em casa
após grandes mortes insólitas
e muitos sofrimentos recentes
e nada disso é senão por Zeus.

Glossário Mitológico de *As Traquínias*: Antropônimos, Teônimos e Topônimos

Beatriz de Paoli
Jaa Torrano

A

ALCMENA. Mãe de Héracles. *Tr.* 19, 98, 181, 644, 1148.

AMOR(ES) (*Éros, Érotes*). Deus primordial, acompanhante de Afrodite. *Tr.* 355, 358, 441.

APOLO. Deus da adivinhação, da música, da peste e da purificação; filho de Zeus e Leto. *Tr.* 208.

AQUELOO. Deus-rio da Etólia, filho de Oceano e Tétis (cf. Hesíodo, *Teogonia*, 340), sendo o maior rio da Grécia, seu nome por metonímia em poesia às vezes é sinônimo de água. Pretendente de Dejanira, foi derrotado por Héracles. *Tr.* 9, 510.

ARES. Deus, filho de Zeus e Hera, belicoso, que se manifesta na carnificina. *Tr.* 653.

ÁRTEMIS. Deusa filha de Leto e de Zeus, irmã de Apolo, associada à vida feminina (infância, casamento e parto); senhora das feras, caçadora sagitária, domina os territórios selvagens. *Tr.* 214.

B

BÓREAS. Deus Vento do Norte. *Tr.* 113.

C

CADMEU (*feminino* cadmeia). Descendente de Cadmo; designação dos tebanos. *Tr.* 116.

CENEIA (*feminino* de ceneu). Adjetivo relativo ao cabo homônimo. *Tr.* 996.

CENEU. Cabo noroeste da Ilha Eubeia, oposto ao Golfo Málio situado entre Lócrida e Tessália. *Tr.* 238. Epíteto cultual de Zeus no cabo homônimo. *Tr.* 753.

CENTAUROS. Criaturas híbridas de homem e cavalo, filhos de Ixíon e de uma nuvem (Néfele) com a aparência de Hera; Héracles combateu-os. *Tr.* 680, 831, 1162.

CÍPRIS. Epíteto de Afrodite (significa "cipriota"). *Tr.* 497, 515, 860.

CRETENSE. De Creta, ilha do Mar Mediterrâneo. *Tr.* 119.

CRINIPRETO (μελαγχαίτης). Epíteto dos Centauros e, também, de Hades (cf. Eurípides, *Alceste*, 439). *Tr.* 838.

CRÔNIDA (*Kronídes*, "filho de Crono"). Epíteto de Zeus. *Tr.* 127, 500.

D

DEJANIRA. Filha do rei etólio Eneu, esposa de Héracles, de quem teve o filho Hilo. *Tr.* 49, 104, 180, 405, 665, 874.

DODONA. Cidade do Epiro, sede de renomado oráculo de Zeus, cujos desígnios os sacerdotes interpretavam pelo murmúrio do vento nas folhas do bosque de carvalhos. *Tr.* 172.

E

ECÁLIA. Cidade de Eubeia. *Tr.* 354, 478, 858.

ENEU (*Oineús*, "Vinhateiro", "Viticultor"). Rei etólio, a quem Dioniso ofereceu o primeiro pé de vinho plantado na Grécia, pai de Dejanira. *Tr.* 6, 406, 570, 598, 665, 792, 1050.

ENÍADAS (*Oiniás*, pl. *Oiniádes*, "vinha"). Cidade da Acarnânia, entre o rio Aqueloo e o Mar Jônio. *Tr.* 510.

ERIMANTO. Monte do Peloponeso, entre a Arcádia, Acaia e Élida. *Tr.* 1097.

ERÍNIS (*pl.* Erínies). Deusas, filhas da Noite, ou nascidas do sangue de Céu (Urano) caído sobre a Terra, ao ser castrado por Crono, punidoras de transgressões. *Tr.* 809, 895, 1052.

Eta. Monte da Tessália, em Mélida, local da pira funerária de Héracles. *Tr.* 436, 635, 1191.

Eteu. Relativo ao Monte Eta, em Mélida. *Tr.* 200.

Etólio(a). Da Etólia, região da Grécia continental, a oeste de Delfos e ao sudeste de Epiro. *Tr.* 8.

Eubeia. Ilha do Mar Egeu, a segunda maior do arquipélago grego, perto da costa oriental da Ática. *Tr.* 237, 752, 788.

Eubeu/eubeia. De Eubeia. *Tr.* 74, 401.

Euristeu. Rei de Tirinto, que impôs a Héracles os doze trabalhos. *Tr.* 1049.

Êurito. Rei de Ecália, pai de Íole. *Tr.* 75, 244, 260, 316, 353, 363, 380, 419, 750, 1219.

Eveno. Rio da Etólia, que Héracles e Dejanira após as núpcias teriam atravessado em viagem de Plêuron para o leste. *Tr.* 560.

G

Gigantes. Filhos da Terra e do sangue de Céu, castrado por seu filho Crono. *Tr.* 1059.

Grécia. Hélade, país dos gregos ou helenos. *Tr.* 1112.

H

Hades. Deus dos ínferos e dos mortos, irmão de Zeus. *Tr.* 4, 121, 282, 501, 1040, 1085, 1098, 1161.

Héracles. Herói filho de Zeus e da mortal Alcmena, famoso por sua enorme força física e por sua glutonaria. *Tr.* 27, 51, 156, 170, 233, 262, 268, 270, 353, 393, 406, 428, 460, 477, 541, 550, 563, 575, 585, 668, 871, 913, 916.

Hermes. Deus filho de Zeus e de Maia, arauto dos imortais. *Tr.* 620.

Hidra de Lerna. Filha de Equidna ("Víbora") e Tífon, serpente de muitas cabeças, que renasciam duplas ao serem cortadas (o número delas varia nas diversas versões). Héracles a destruiu com o auxílio de seu sobrinho Iolau, que queimava as feridas para as cabeças não renascerem; com o sangue dela Héracles envenenou suas flechas. *Tr.* 574, 838, 1094.

Hilo. Filho de Héracles e Dejanira. *Tr.* 56.

I

ÍFITO. Filho do rei de Ecália Êurito, foi morto por Héracles em retaliação a maus-tratos de Êurito a Héracles. *Tr.* 38, 270, 357.

ÍOLE. Filha do rei de Ecália Êurito. *Tr.* 381, 420, 1220.

J

JUSTIÇA (*Díke*). Deusa filha de Zeus e Têmis, uma das três Horas ("Estações do ano"). *Tr.* 808.

L

LICAS. Companheiro e arauto de Héracles. *Tr.* 189, 310, 600, 757, 772.

LÍDIO(A). Da Lídia. *Tr.* 70, 356, 432.

LÍDIA. Região da Ásia Menor. *Tr.* 248.

LÓCRIO. Habitante ou relativo a Lócrida, parte da Etólia. *Tr.* 788.

M

MÉLIDA. Região da Tessália. *Tr.* 636.

MELIEU. Habitante ou relativo a Mélida, região da Tessália. *Tr.* 194.

MORTE (*Thánatos*, masculino). Deusa filha da Noite. *Tr.* 834.

MUSA(S). Deusa(s) do canto e da dança, filha(s) de Zeus e Memória; por extensão, melodia, canto. *Tr.* 642.

N

NEMEIA. Cidade do Peloponeso. *Tr.* 1094.

NESSO. Um dos Centauros filhos de Ixíon e Néfele, morto por Héracles. *Tr.* 558, 1141.

NINFAS. Filhas da Terra, ou de Zeus, que habitam águas, montanhas, prados e mares. *Tr.* 215.

NOITE (*Nýx*). Deusa filha de Caos, mãe de Sono, Morte e outras formas de destruição e de privação (cf. Hesíodo, *Teogonia*, 123-5, 211-232). *Tr.* 29, 30, 94, 132.

NOTO. Deus vento do sul, filho de Aurora e Astreu, irmão de Zéfiro, vento de oeste, e Bóreas, vento do norte. *Tr.* 113.

O

OLÍMPIO. Epíteto de Zeus; relativo ao Monte Olimpo, morada dos Deuses olímpios. *Tr.* 275.

ÔNFALE. Rainha da Lídia, em cuja casa Héracles serviu como escravo como punição imposta por Zeus pela morte de Ífito. *Tr.* 252, 356.

ORTÍGIO. Relativo a Ortígia, antigo nome da Ilha de Delos; epíteto de Ártemis, Deusa nascida em Delos. *Tr.* 2214.

P

PALAS. Epíteto da Deusa Atena. *Tr.* 1031.

PEÃ. Epíteto de Apolo que evoca sua função de curador. *Tr.* 221.

PERSUASÃO (*Peithó*). Deusa filha de Oceano e Tétis (cf. Hesíodo, *Teogonia*, 349). *Tr.* 661

PLÊURON. Cidade no sul da Etólia, entre os rios Aqueloo e Eveno. *Tr.* 7.

PORTAS (*Pylátides*). Ditas também Termópilas (*Thermopýlai*, "Portas Quentes", *i.e.*, de águas termais) desfiladeiro do Monte Eta, entre Tessália e a Lócrida. *Tr.* 639.

POSÍDON. Filho de Crono e Reia, irmão de Zeus. Deus que se manifesta no mar, nas fontes, nos sismos e na equitação. *Tr.* 502.

Q

QUÍRON. Deus Centauro, filho de Crono e Fílira, curador e educador, ferido acidentalmente pela flecha de Héracles envenenada com o sangue da Hidra, transido de dor insanável, teve permissão de Zeus para renunciar à imortalidade e descer aos ínferos (cf. Apolodoro, 2.5.4). *Tr.* 715.

S

SELOS (*Selloí*). Designação dada aos sacerdotes do oráculo de Zeus em Dodona. *Tr.* 1166.

SOL (*Hélios*). Deus filho do Titã Hipérion e Teia (cf. Hesíodo, *Teogonia*, 371). *Tr.* 96, 835.

SORTE (*Týkhe*, "golpe"). Nume interveniente no curso da vida humana. *Tr.* 849.

T

TEBAS. Cidade principal da Beócia. *Tr.* 511, 1154.

TIRINTO. Cidade do Peloponeso. *Tr.* 270, 1152.

TRAQUÍNIO(A). Habitante ou relativo a Tráquis. *Tr.* 39, 371, 424.

TRÁQUIS. Cidade e território da Tessália. *Tr.* 1140.

TROFÉU (*Tropaîos*). Epíteto de Zeus, referente a "troféu" e vitória na guerra. *Tr.* 303.

U

URSA. Constelação. *Tr.* 131.

V

VÍBORA (δράκων). Refere-se à Hidra de Lerna, cujo sangue Héracles usou como veneno na flecha com que matou o Centauro Nesso. *Tr.* 834.

VÍBORA (*Ekhídna*). Filha de Fórcis e Ceto, neta de Terra e Mar, metade mulher, metade serpente, unida a Tífon gerou Cérbero, o cão de Hades, e a Hidra de Lerna (cf. Hesíodo, *Teogonia*, 304-318). *Tr.* 1099.

Z

ZEUS. Deus supremo, filho de Crono e Reia. *Tr.* 19, 26, 139, 200, 238, 251, 275, 279, 288, 303, 399, 436, 513, 566, 644, 753, 826, 958, 983, 995, 1022, 1042, 1048, 1086, 1106, 1148, 1185, 1188, 1191, 1278.

Referências Bibliográficas

BERNAND, André. *La Carte Du Tragique. La Géographie dans la Tragédie Grecque*. Paris, CNRS, 1985.

GRIMAL, Pierre. *Dicionário da Mitologia Grega e Romana*. Trad. Victor Jabouille. 5ª ed. Rio de Janeiro, Bertrand Brasil, 2005.

HESÍODO. *Teogonia. A Origem dos Deuses*. Estudo e tradução Jaa Torrano. 6ª ed. São Paulo, Iluminuras, 2006.

SOPHOCLES. *Trachiniae*. Ed. P. E. Easterling. Cambridge, Cambridge University Press, 1982.

______. *Sophoclis Fabulae*. Ed. H. Lloyd-Jones and N. G. Wilson. Oxford, Oxford University Press, 1992 [1990].

VÁRIOS AUTORES. *Dicionário Grego-Português*. Cotia, SP, Ateliê Editorial, 2009.

Título	*As Traquínias – Tragédias Completas*
Autor	Sófocles
Tradução	Jaa Torrano
Estudos	Beatriz de Paoli
	Jaa Torrano
Editor	Plinio Martins Filho
Produção Editorial	Millena Machado
Revisão	Beatriz de Paoli
	José de Paula Ramos Jr.
Editoração Eletrônica	Victória Cortez
Capa	Ateliê Editorial
Formato	16 x 23 cm
Tipologia	Minion Pro
Papel	Chambril Avena 80 g/m² (miolo)
	Offset 180 g/m² (capa)
Número de Páginas	168
Impressão e Acabamento	Lis Gráfica